读者
签约作家
精品选粹

穿越生活的丛林
# 流沙自选集

流　沙◎著

读者出版传媒股份有限公司
甘肃人民出版社

**图书在版编目（CIP）数据**

穿越生活的丛林：流沙自选集 / 流沙著. -- 兰州：
甘肃人民出版社，2021.6
　ISBN 978-7-226-05709-4

　Ⅰ．①留… Ⅱ．①流… Ⅲ．①散文集－中国－当代
Ⅳ．①I267

中国版本图书馆CIP数据核字(2021)第103731号

出　版　人：刘永升
总　策　划：刘永升　李树军　宁　恢
项目统筹：高茂林　王　祎　李青立
策划编辑：高茂林
责任编辑：袁　尚
封面设计：今亮後聲HOPESOUND 2580590616@qq.com · 核漫　欧阳倩文

**穿越生活的丛林：流沙自选集**
流　沙　著

甘肃人民出版社出版发行
(730030　兰州市读者大道 568 号)
北京金特印刷有限责任公司印刷

开本 889 毫米×1194 毫米　1/32　印张 11　插页 2　字数 246 千
2021 年 7 月第 1 版　2021 年 7 月第 1 次印刷
印数：1~20 000
ISBN 978-7-226-05709-4　　　定价：48.00 元

# 第 一 辑　　这 个 世 界 还 是 好 的

# 第　四　辑　　人 生 注 定 缺 少 爆 款

# 这个世界还是好的

我对这个世界充满了信心，因为我看见过，也亲身体验过，世界的温暖，就算是为了他们，我也不能变坏。

——"知乎"网友

# 一切都会款款而来

早上醒来，天还是黑的，窗外的雨还在下，滴滴答答。竟然听到喜鹊的歌唱，一声一声，清脆得很。

在这个小区已住了 9 年了，每个春天的早晨，就是被鹊儿叫醒的。不知道喜鹊的寿命，但应该是同一只吧，它总是站在同一棵树上，同一种叫声，甚至音律也是一样的。

我知道，春天的时节到了，不管你如何淫雨霏霏，它已经悄悄来了。

野外蓬松的泥土上，也已钻出了绿芽儿。这些小骨朵肯定很失望，怎么这个春天不见一丝阳光。

所以，我明白了一个道理，原来春天不是阳光召唤来的。没有阳光，藏于泥土深处的生命体也会知道，只要属于它们的时间到了，它们就上场了。

就像一场表演，每个节目的时间都是掐准的，前一个节目是演好了，还是演砸了，与它是没有关系的。属于它的表演时间到了，就会冲破千难万险，站到舞台中央。

事实上，这段感悟是与上高中的儿子，在清晨 6 点送他去学校的路上分享的。

他喜欢骑车上学，但就在昨晚的雨夜，他摔了一跤，一身雨水回到家。我想起多年前，有过类似的一跤。

那年我刚给他买了一件呢质棉衣，他个子还很小，坐在车子后凳上，因为雨天我的一个急刹，两人全倒在地上。

很多人围拢来看，都在说："带个孩子，要骑得慢点呀！"

一转眼，他已上高中了，面对的是学考和高考。桌上的书堆得很高，我想起自己当年的高考，也是如此，一模一样。

时光在流逝，没有一种时间是相同的，但很多故事，很多场景却是一样的。

不管江南的阴雨如何连绵，这只鸟儿在黑夜的尽头开始歌唱了，因为属于它的季节来了；我的这位快要成年的孩子，也像他的父亲一样有点急躁，在春天的雨中摔在了坚硬的道路上，他所感受到的疼痛与我当年应该是一模一样的。

还有许多，种种，关于梦想的，美好的东西，一切都会款款而来。

真的，什么都不需要着急。

# 空　气

一个四五岁的小孩，牵着年轻妈妈的手。

年轻妈妈刚打完电话。孩子问："爸爸在很远的地方，他的声音，是怎么从手机里传出来的?"

年轻妈妈说："是通过空气的呀!"

小孩做了一个捧东西的动作，问："那我手里的空气里面有什么声音?"

向一个小孩解释空气中无线电传播知识是困难的，而且是无趣的。但你有没有发现，小孩的话充满了一种诗意：

空气中，漂浮着密集的无线电波，里面有甜言蜜语，有切切关怀；有阴谋算计，有坑蒙拐骗；有痛苦离愁，有久别重逢……人类所有的情感，通过无线电，在空气中交织着，演绎着一个又有一个爱恨交织的故事。

现在的天空，已经不是远古时候的天空那样单纯。现在空气中不仅充满了工业化的灰霾，也充满了无线电发明之后信息传输万千条通道。如果哪一天有这样一项发明，可以看出空气中信息传输的模样，那在城市的上空，信息传播是不是就像地上的交通，还要繁忙？

你随手一抓，或许轻轻"打扰"了一下一对情侣的蜜语甜言的电波，你深深吸了一口气，或许碰到了银行与企业财团划拨巨额钱款的讯号电波……但你是感觉不到的，即便你被人出卖的电波经过你身边，你仍然捕捉不到。

这是一件多么有意思的事情！

在有工科基础积累人的眼里，没有一种电波的传输是安全的，即便是加了密的信息，经过性能超强的计算机，仍旧可以破译出来。

如果以一个"工科男"的思维去看待这个世界，那世界也就无趣了。还是以"文学男"的眼光去看这个世界吧，那这个世界就会变得美好起来。

春天来了，百花芬芳，空气中是青草的香味，有春水的叮叮咚咚；夏天来了，有田野里的稻香，有知了的嘶鸣；秋天到了，用鼻子轻轻一听，空气中是若有或无的桂花香味……不要去想空气中到底承载了多少内容，你说这样有多美好！

# 地久天长

　　盘古在没有天地，没有日月星辰的黑暗世界中睡了一万八千年。终于有一天，他睁开了眼，发现了这样一个混沌而无尽黑暗的世界。盘古难受极了，盘古抡起拳头就砸，抬起脚就踢。一万八千年的天地不分的混沌和黑暗开始翻江倒海，轻的慢慢飘浮起来，成为蓝天。重的渐渐下沉，变成了大地。

　　天地始分。

　　盘古在想：天总有一天会降下来，再次和地合二为一，那么，大地上的那些生灵如何面对？盘古于是站了起来，用手举着天，他的身子在不断长高，无限高，直到天永远安全地悬挂在所有生灵的头顶。

　　盘古累死了……

　　任何人都可以轻易地在找到这个神话故事，但在现在，人们知道天体物理学后，说起来，这就是一种笑谈。

　　但没有一个神话像"盘古开天"这样悲天悯人。当我们简单地把盘古作为一个虚无的神话人物时，现代人就真正失去了解读神话的本能，误会了神话的语境。

每个早晨你从甜梦中醒来，阳光洒在棉被上，推开窗，微风拂面，小鸟儿停在树枝上，轻轻啁啾着慢条斯理地梳理着被露水打湿的羽毛，它们有的已经在轻吟低唱。东方的天空，已经露出了朝霞。

大自然的一切多么安静和仁慈。请参悟生活和感谢大自然赐予我们的这一切吧。

我们，所有的生灵，原来天生就是那么幸运。

# 这个世界还是好的

一个穿着橘黄色上衣的环卫工人，几乎紧贴着大厅的落地门站着。大厅里冷气十足，她站的那一侧刚好拉了窗帘，她大概是想获取一点凉意。

我说，您可以进去的。

她反而不好意思起来。"我身上很脏，汗多，臭的。"我朝她看看，五十多岁的年纪，很瘦，很黑，很腼腆。

当天的气温 38℃，这座城市已经遭受了连续一周的高温轰炸，柏油马路都快被晒化了，汽车开过，路上"吱吱"作响。

我走进大厅，里面好凉。穿着制服的工作人员，个个年轻，她们梳着同样的发型，身上散发着职业的、青春的味道。

一个年轻姑娘走上前来，轻声问："你好，需要办理什么业务？"

我透过落地玻璃门，看到那位环卫工人已经走到街前面，站在一棵香樟树的阴影里，香樟树叶在沙沙作响，一阵一阵的微风吹过……我想，凉风中的她，应该感到了惬意。

前几天，单位里一位老同志退休了，大家设宴送他。这样的场合总会回忆起许多久远的东西，有人说起"双抢"，这是一个只有当过农民，而且生活在20世纪六七十年代的人才会懂的一个名词。所谓"双抢"就是在三伏天收割早稻（抢收）、栽种晚稻（抢种）的合称。当时还实行生产队集体劳动制，一个壮劳力在烈日下劳作一天可以赚十个工分；小孩可以赚三个工分。

他们在说"双抢"的时候，我左手的食指就感觉到痛了，那一年我为了赚那三个工分，帮生产队割稻，一刀下去几乎把食指割断，至今那食指弯曲仍然不够灵活。

对于酷暑的记忆，就永远定格在那一刻：手指的剧烈疼痛，头顶白晃晃的太阳，身上到处是汗水和鲜血……许多人朝远处的父亲喊："不好了，你家孩子的手指断了一个！"我看到一个像泥人一样的父亲，在水田里"哗哗"地跑来。

从此，再也没有一种热可以打倒我了。

生活就像大厅里的清凉世界和外面的热浪滚滚，或是因为"三个工分"差点割断了一根手指，因为人生境遇的不同，人与人之间就会有着天壤之别。即便是隔着一层薄薄的玻璃，就是完全不同的两个世界。维系这两个世界的东西，也许只是一句问候，一个善意的邀请或是一个浅浅的微笑。

但其实谁也改变不了这一切。

有时候在单位值夜班，总是在凌晨一点多回家，或是更晚一些。业主们总是在微信群里说这些保安年龄太大，晚上不巡逻，总是在睡觉。每当凌晨路过保安亭，他们确实在睡觉，听到响动，他会一个激灵站起来。

　　有次我对他说："实在抱歉，吵醒你了。"他朝我拱拱手："你总是这么迟回家，辛苦噢。"

　　这样的时候，总觉得这个世界还是好的。

# 所有美好都值得等待

孩子十岁那年，我带着他去了一趟庐山。孩子最想看的，还是庐山瀑布，"日照香炉生紫烟，遥看瀑布挂前川，飞流直下三千尺，疑是银河落九天。"

到了庐山瀑布前，孩子就笑了："没有三千尺啊，太夸张了吧，飞流直下一百米最多了！"

周围游客见一个小孩子这么说，也都笑了。

此时还是早晨，太阳没有高高升起。我说，也许等一下，诗里的"日照香炉生紫烟"意境就会产生了，再来读这首千古名诗说不定就完全不一样了。

我们坐在瀑布前的石椅上等，看着远处的阳光在山峦上慢慢移动，看清冽的山风一阵一阵地拂动着杂树林，看天空中的浮云在舒舒展展，看游人在瀑布前的小广场上嬉嬉闹闹……

不知过了多久，金色的阳光移送过来了，它像舞台上的聚光灯一样照射到瀑布飞流直下激荡而起的水雾中，变幻出一段一段的绚丽多姿的彩虹，时有时无，若隐若现。它是飘逸的，又是升腾的，真的像极了香炉点燃时升腾而起的烟。

在那个初秋的庐山瀑布前，我第一次感受到了这首诗最美好的地方。

那天晚上，我对孩子说，我还想带你看一场庐山日出。孩子欣然应允。第二天凌晨四点，我把睡梦中的孩子叫醒，早餐是方便面，开着车到了含鄱口。

含鄱口还在夜色笼罩之下，我也不知道从何处上山，把车停在山道之上。听到远处有人声，于是循着人声找到了一群正准备上山看日出的年轻人队伍。

走了将近半个小时才到达山顶。山上的风很大，加之气温逼近零摄氏度，我和儿子紧紧依偎着，看着远处鄱阳湖的方向。

鄱阳湖上空出现淡淡的白，但云层很厚。有人说，也许今天看不到日出了，还有人说，好不容易来到这里，还是再等等吧。

与我们一起的年轻人，有的架起了三脚架拍摄，但也有的开始撤离。时间又过了半小时，似乎已经过了最佳的观赏日出时间了。

我觉得今天可能看不到日出了。突然有人惊呼起来："太阳出来了！"果然，一轮红彤彤的太阳从乌云之中挣扎而出，满身通红，像是沾满了血一样，它慢慢地，一点一点地，把所有身体都呈现在大家的面前。

几乎所有人都站在山顶在惊叫，在呼喊……这样的日出美景，太震撼人心了。

多年之后，我总是想起庐山之行，想总结一些意义和哲理，但又不知从何说起。

记得有一次听杭州一位摄影家的讲座，他给我们看了一张获得大奖的照片，那张照片摄于贵州顺义山区，照片反映的是清晨中的深沉大山，远处有一道光。

　　摄影家说，那道光第一次发现时，他来不及拍摄。于是他在那里露营，等待第二天再拍，但一直等到第三天，那道光才再次出现，终于被他拍摄下来。

　　后来他才知道，那道光是一位老师打的手电光，当时那位老师正领着村里的孩子在去学校上课的路上。

　　当我看到那张照片中唯一的光亮，听摄影家讲这张照片背后的故事，我真的被感动了。

　　在一个喧嚣浮躁的世界里，所有的事，都在期待最后的结果，有的连几分钟也等不起了。但我还是相信，这世上所有美好，都值得等待。

# 让生活更美好一点

乌镇、西塘、南浔……这些江南古镇从建筑形态上看，大致上是一样的。如果说有不同，那便是文化底蕴的不同，或者说是"故事"不同。

几百年前的建筑形态能有如此趋同，背后其实是理念的趋同。

我们有没有发现一种现象，现在的汽车外形越来越像，几十年前出现的像"甲壳虫"之类异形汽车越来越少，这是为什么呢？原因很简单，空气力学深入人心，所有的造车企业都在遵循这一物理常识和审美的统一，结果我们看到的汽车，在外形上是大体相同的，要识别一辆车往往需要从一些细节上把握，譬如车身线条、大灯、尾翼等等。

趋同这并不是一件坏事。

从某种意义上说，社会某种现象的趋同，恰恰是对科学的认同。当你走进银行营业厅，当你来到火车站，当你来到幼儿园或是小学……它们的内部陈设几乎是一致的，银行营业厅里的叫号声几乎是一样的，火车站里播音员的语速和声线也是一样的，幼儿园和小学的硬件配套也是大同小异的⋯⋯

你会说，这个社会可能会越来越缺少个性。真的是这样吗？

春节，我来到上海的南京东路，高楼鳞次栉比，肯德基、老凤祥等等连锁"店招"紧紧俯附在花岗石包裹的大楼表皮上，这样的都市风景其实没有什么辨别度。在杭州、在南京、在北京还是在深圳，商业街区的风景大同小异，你会有一种时空交错，这是在哪里？

但是，在上海的南京东路上，店员的沪上方言告诉你，这里是上海；高楼群缝隙间的东方明珠塔告诉你，这里是上海；街区几十米就有一处导引路牌告诉你，这里是上海⋯⋯

在上海图书馆，我细细观看了大厅里的馆员荐书展览，用手机拍下了馆员们认为值得一读的好书。这样的小主题展览很精致，很贴心。是的，上海的辨识度不在于东方明珠塔，也不在于上海中心大厦，而在于你生活在这里的体验，这座城市总有一种具有上海特有的元素会触动你。

当你来到一座城市，如果发现你感受不到这座城市特色的时候，那么这座城市定然在管理上出了问题。

我想，我们每个人都会对一座城市是不是真的好，心里有自己的答案。

我们生活在一个越来越相像的生活空间中，如果我们不用心灵去生活的时候，日子就会像复印机一样不断重复着。是不是应该追问，当城市越来越趋同，当街区越来越趋同，当生活空间越来越趋同，连梦想也越来越趋同的时候，我们还有没有这样一种能力：让城市更美好一点，让生活更美好一点。

这是对一座城市的考题，更是对人心的一种考题，它关乎一座城市里一颗心灵的幸福感受。

我想，我们已不必对抗"趋同"的潮流，而在于如何活出一个别样精彩的自己，就像空气力学主导下的汽车外形一样，我们仍然还有许多创新和创意的地方，车身线条、车身颜色、车大灯……只要有细微变化，生活就会别有洞天。

# 艺术会照亮一些人

　　春节回老家，屋内墙上贴了许多画。画是塑料材质的，而且是印刷品，灯光下，因为泛光看上去白花花的，有些刺眼。

　　画是年过七旬的父亲从集镇上淘来的，每张 10 块钱，一张青竹图，意思是"节节高"；一张是旭日下的一艘帆船，意思是"一帆风顺"，父亲说这几幅很好，很吉祥。这幢三层洋楼我很少回来住，再说父亲这把年纪了，自有他的生活观和审美观，我不想多说什么。

　　仔细想想，父亲张贴这样的年俗画，也是对生活的一种表达和思考，这与家家户户在大门口贴春联道理是一样的，是一种精神层面的诉求和期待。

　　年前，我参观了一位朋友在城郊购置的一幢排屋，他认识中国美院的一位副教授，副教授赠他一幅画，是一棵红叶树。朋友说，副教授的画每平方米至少 2 万，我算了一下面积，这幅画的价格至少需要三四万元。朋友把"红叶树"挂在餐厅的墙上，与餐厅氛围很协调，象征的是红红火火的生活。

而我在思考的问题是，10元钱的塑料画和3万元以上的油画，因为观赏者个体的文化差异、审美视角、传统习俗以及受教育程度不同，所得到的精神体验是完全不同的。但父亲之于塑料画，朋友之于红叶树油画，他们得到某种"意义"却是一样的。

我参观过上海当代艺术馆、上海美术馆，对里面许多堪称国内一流甚至在国际上也一流的艺术品，我是看不懂的。

我是真的看不懂，这让我非常惭愧。

艺术馆和美术馆里，有许多参观者进进出出，我也不知道他们有没有看懂，是不是与我一样，面对一件艺术品，不知如何去欣赏。

我就像一个学生一样，考砸了一门课，根本不敢去追问自己考砸的原因，也不敢去打听别人的成绩怎么样。

直到这个春节，看到父亲把10元钱的塑料画贴在墙上，我突然明白了一个道理，艺术就是一种让人进步让人前进的东西，它可以攫升个人的信念和理想，可以实现向善向上向美，这是一个基本的社会道德前提。

没有经过专业知识、文化知识的建构和专业的审美训练，也许真的看不懂一件高贵的艺术品。但是，如果换一种视角，艺术是启发人们以不同的方式去思考这个世界、启迪自己的人生、承载自己对美好的一种期待，那么，艺术就是一种大众化的东西，是属于所有人的。

所有艺术都在表达生活，无论何种艺术形式的出现，都是想照亮一些人。如果我们站在一件艺术品前，能以自己的最朴素的情感，从中思考一些问题，得到一些东西，或是向往一些非常美好的事物，那么，我们就是看懂了艺术，得到了艺术给予的温暖。

譬如用"青竹图"来寓示"节节高"，用帆船来寓示"一帆风顺"。这与你是谁，是贫贱还是高贵，是无知还是智慧，没有任何关系。

# 美好自然能听到

　　家里有台钢琴，产地是湖州，十年前购置时花了 1 万多元钱。去杭州一家教培机构，看到有架积灰的老三角钢琴，据说已有 50 多年左右历史了，弹了几个音，音质远远超过我家里的这台。

　　如果这台钢琴真的 50 岁了，那么它的很多零部件应该是手工打造的，因为那时钢琴还没有机械化量产。钢琴的发音原理我有所了解，决定钢琴发音质感除了制作工艺之外，主要在于材质的使用，特别是音板。

　　最好的音板是鱼鳞云杉材质的，国内一线钢琴采用的都是从欧洲进口的，这种鱼鳞云杉材质比较松软，更加容易被振动，从而获得比较响亮、悦耳、持久性的声音。

　　为什么高端钢琴要采用欧洲进口材料，原因在于木材质地受制于生长地的土质和气候，不一样的土壤和气候，所生长出来的木材品质是完全不一样的。

　　这种"不一样"可以从物理、力学、声学的科学分析中得出证据，但我们普通人只需要一双耳朵就行了。

好的东西，自然你能听到。

在河南兰考参加培训，兰考是泡桐之乡。后来参观了中州民族乐器厂，发现兰考是制造民族乐器的基地，全国90%的民乐音板竟然产自兰考。在试音室，听工作人员的弹奏扬琴，无不被其清亮悦耳的音色所征服。

这条庞大的产业链是如何形成的？

据说50多年前，为防风治沙，县委书记焦裕禄在这里带领群众种下泡桐树。泡桐树生命力强盛，生长极快，到了20世纪七八十年代，树已成材。一些木匠就将泡桐做成烧火做饭用的风箱，有些风箱销到了上海。

非常偶然，上海民族乐器厂的一位专家听到这种风箱拉动的声音清脆悦耳，于是将风箱拆了，把箱板做成了乐器的音板，演奏出的乐曲悠扬轻柔，从此兰考泡桐就在这样的偶然中，用质感为自己迎来了机遇，把一棵树衍变成了一条产业。

整个兰考横卧在黄河故道边，上百年来风沙、内涝、盐碱肆虐，而恰恰是这样的土壤，生长出了与众不同的泡桐树，木质疏松度适中、透气、透音，非常适合用来制作乐器的音板。

这个世界上有无数的树，我们根本无法甄别出一棵鱼鳞云杉的质地，也无法辨别一棵泡桐的优与劣。但在这个世界上，肯定存在这种一双耳朵，当它们成为乐器音板时，就能被人听出它的历练，它的积淀，它与众不同的完美呈现。

而人生何尝不是如此。

# 孩儿巷

　　从富阳到杭州延安路上的孩儿巷，只要一个多小时。而当年，我要来到这里，需要一天的时间，另外还需要一年的等待。

　　冬夜里的孩儿巷，灯光很暗，巷子里冷风如树的枝条，嗖嗖打在脸上，很痛。一个中年人牵着一条泰迪狗从身边走过，我对儿子说："你给我照个相吧，把路牌也拍下来。"他心不在焉，拿着手机，却看着泰迪狗，泰迪狗真的很可爱。

　　结果，照片中的我站在黑暗之中，远处有一些朦胧的灯光，看不清自己的脸，就像我看不清记忆之中的孩儿巷。

　　孩儿巷是我奶奶曾经居住过的地方。一间只有十二三平方米的平房，屋子里有一种樟脑丸与腐臭掺杂在一块的味道，樟脑丸是奶奶衣柜里的味道，腐臭是马桶里飘散出来的，两股味道在狭窄的空间里混合，这就是我小时候感觉到的杭州味道。

　　奶奶与越剧表演艺术家徐玉兰是小学同学，曾经住在同一条街。一个家境富庶，嫁了一个旧政府的官员，也就是我爷爷。一个学了戏随着东安舞台走南闯北，最后名满天下。

新中国成立后，像爷爷这样的身份和家庭，受到了冲击，家财散尽，爷爷去了内蒙古，奶奶则逃离家乡投靠妹妹，先是北京，后来到了上海，然后定居到了杭州，谁也不知道她这几十年是如何活下来的。

每年年关，父亲会带着我，有时还有我的两个姐姐来看望她，父亲总是挑着米或是红薯，我们不习惯乘公交车，经常在车厢里东倒西歪，于是一路上被人嫌弃着。

巷子很窄很窄，房子很低很低，我不敢走太远，总是站在平房门口，看掏粪车努力地经过，看骑着自行车的城里人神气地经过，看城里的孩子穿着整齐的衣服神气地走过……

奶奶和父亲就在那间小小的屋子里，半天不出声，静静地坐着。我知道奶奶邻居家人丁兴旺，有两个儿子，一个叫大毛，一个叫二毛。二毛性格很外向，会过来问："大妈，来客人啦？"奶奶这时才会出声："我儿子，还有孙子。"二毛便会朝我看。

我努力回忆二毛的样子，但实在回忆不起来，是胖是瘦，是高是矮我都不知道了。

孩儿巷在 20 世纪 80 年代开始征迁，奶奶搬到了运河边。奶奶对我说过，最不舍的就是大毛、二毛这家邻居了。

父亲至今保留了奶奶从杭州寄来的一部分信件，看邮戳大部分是 20 世纪 70、80 年代，地址是"孩儿巷 8 号"，现在我已找不到当年的"孩儿巷 8 号"到底是在哪个位置。但只要听到"孩儿巷"这三个字，就似乎可以闻到当年那间屋子里的复杂气味，不知道它为什么可以从几十年前的岁月中穿越而来。

孩儿巷的巷口，就是延安路，是杭州主城区最为繁华的街区，高楼林立，车水马龙。这个城市无时无刻不在发生变化，一层一层用岁月把奶奶一样的城市小人物的故事深深地掩埋在城市的最下面，她的故事对其他人来说，没有什么特别的意义和价值，但只有她的亲人，知道她曾经来过，在这里走过，生活过，喜怒哀乐过。

她的一生，其实就是一部历史，许多章节一直留在孩儿巷。

# 一饭之恩和一箭之仇

在萧瑟的街头遇上一个"熟人",此人十多年前我在企业工作时有过交集,是邻县一家工厂的业务员。当时他就已经"发达"了,开一辆红色的桑塔纳2000型轿车,做派是一副大老板的样子。

但现在他的样子,戴一顶老头帽,全身穿得臃肿,脸色灰暗,仍旧开着那辆桑塔纳轿车。寒暄一阵后,他就向我诉起苦来。他的"苦"大致是这样的:当年他在工厂里是个业务经理,手下有个年轻人,因为办事不合他心意,经常训斥他。但万万没想到,后来这位年轻人在工厂里青云直上,一直做到了大股东兼行政副总裁。照他的说法,这四五年,像他这样的业务骨干,凡是与副总裁当年有"过节"的,调离的调离,辞退的辞退,人数有近十人了。

如果正如他所讲,倒是有一番感慨的。在中国传统道德中,有一饭之恩当还,一箭之仇必报的说法,恩怨分明,人性使然,也不必妄加指责。但这里面有一个细节,这位年轻人的业务确实是他手把手教出来的,但这位副总裁只记住了当年的"仇",却没有记住当年的"恩"。

前段时间，有一个故事在网络上流传。说的是一个名叫何荣锋的重庆人，以100万元报答浙江妇女"一饭之恩"的故事。

20多年前，17岁的何荣锋与两位同伴赴浙江打工，在前往浙江打工的路上遭遇小偷，身无分文。在沿路乞讨13天后，何荣锋"流浪"到了浙江省仙居县杨府乡杨府村。当时一个穿着绿色毛衣的女子从他们身边路过。这名叫戴杏芬的女子得知3人的困境后，不仅给3人做了一桌饭菜，还打来热水给他们洗脚，帮何荣锋的脚上了药。后来，戴杏芬在送走他们时，还为他们送上了30元钱和食物。

后来何荣锋辗转来到沈阳，经过打拼，他从乞丐变成了家具厂老板，他一直惦念着在他最危难时刻给予救助的恩人。

2013年，何荣锋在浙江临海找到了恩人戴杏芬。为了谢恩，他拿出一张百万元的现金支票递给戴杏芬，但戴杏芬却拒绝了。过了几年，何荣锋再次来到浙江看望戴杏芬，拿来5万元现金和价值不菲的补品，给恩人修补房子，补养身体。

这个故事让我感慨不已。

何荣锋当年流浪街头，不知遭受过多少冷漠、嫌弃，但他的这20多年却没有记住这些苦难，而是记住了这一碗饭。

胡适说，没有容忍就没有自由。容忍不同的观点，思想才能交融；容忍不同的性格，人际才能和谐；容忍不同的行为，社会才能安定。容忍是一种气魄和气度，通向的是人生的"自由王国"。

一饭之恩和一箭之仇，事关人生境界。

# 快乐都是一样的

小区健身苑里有位清洁工正在打扫卫生，一副唉声叹气的样子，卫生打扫完了，她呆呆地坐在木椅上。此时，有辆本田车停在附近，车里走下一个中年妇女，她关了车窗，看了看天，又摸出手机看了看，然后走进健身苑，坐在清洁工相邻的木椅上。

她们之间的交谈是怎样开始的，我不太清楚。我听到那个中年女人在说，她的家门钥匙忘带了，正等着丈夫从单位里赶回来。

然后，我听到她们在聊收入，聊菜价……

清洁工说，她现在每月的工资只能混个温饱，现在菜价高，这点钱根本不够用，但工作还是比较轻松的，下午就可以回家。中年女人说，我要是像你一样每天下午可以休息，那就好了。清洁工说，你肯定很忙，收入肯定很高，这也挺值得的。中年女人说："钱多又有什么用呢，我现在忙得连睡觉的时间也没有，每天都要加班，照顾不到家……"

两个女人都在为自己的烦恼叹气。

不知不觉中，两个女人谈起了孩子。

清洁工说："我儿子在上海上大学，学理工的。"中年女人有些兴奋地说："是嘛，我儿子也是学理工的，现在杭州上大学。"

"你家孩子有没有找对象啊?"中年女人问。"我家孩子在大学里处了一个对象，是位天津姑娘，儿子给我看了照片，挺文静的。"中年女人说。

清洁工笑了，说："我家孩子也处了一个，是杭州的，春节前儿子带她回来，那女孩说，阿姨，等将来我们赚钱了，你就不用外出打工了。"

中年女人说，这女孩这么懂事啊。

再看两个女人，脸上的阴郁一扫而空，都有些眉飞色舞的样子。

我在想一个问题，人到中年，每个人都会有不同的忧愁。但是，所能得到的快乐却是相同的，因为这种快乐往往非常简单、非常朴素，它根本不需要其他东西来架构，就可以轻轻松松地得到。

# 他们帮我实现了粗糙的梦想

在明晃晃的超市里，突然看到一个人愣愣地站在我面前。然后一双手伸过来，拍得我肩膀好疼。接着又是一个紧紧的熊抱，旁边站着一个染着金黄蓬松头发的女人，善意地在笑。

他是我的工友，在工厂工作那段时间，一起在车间里干过，爬过充满硫气的管道，攀过几十米高的钢塔，一起盘点过哪个车间的女孩最漂亮。不知是生活奇怪，还是这个城市奇怪，自从我离开那家工厂之后，我就很少再去过。每天早晨开车送孩子上学，看到厂车候车点上站满了昔日的同事，他们有的在抽烟，有的在咀嚼包子，都是我十分熟悉的表情，但我像是在观赏一场与己无关的风景。

工友站在我面前，嘘寒问暖。我看看他的女人，已不是早年一起说起的那位，从一个女人到另一个女人，里面有太多的故事，我也不想知道。

工友一直对我离开工厂十分可惜，因为他认为我如果留在工厂，他这个小工人就有靠山了。工友在我面有伸出一双手，比画着，说如果你还在厂里，你可以拿到这个数的收入。

类似的话题自从我离厂之后一直就没有消停过。因为就在我离开后，企业一跃成为本地最大的企业，职工收入水涨船高。我的那些工友，纷纷买了车子，在城里购置了房产，很多进入了管理层。

每当他们购了新房，买了新车，他们就会把喜悦与我分享。或许有人会反感这样的"显摆"，但对我来说，这真的是一种喜悦。因为十多年前，我们同在工厂的最基层干过，走过最为低迷和迷茫的日子，现在看到他们的生活，很多实现了财务自由，我总觉得，他们帮我实现了我当年的那个粗糙梦想。

我一直在感恩工厂的那段时光，包括那里的人。虽然有过不愉快甚至淡淡的哀愁，但是那十年的散淡悠闲时光，却是我生命中的黄金期，我的身体是那样好，思想是那样活跃，每天可以写很多很多的文字，总是被自己的文字感动着。

宿舍外面随风传来的工人敲击钢板的声音，鼓风机的轰鸣声，还有这些工友弟兄们以床为桌打牌的争论声，一切仿佛就在眼前。

# 故乡三个人

离家乡只有四十公里，能不能称它为故乡呢？

我想能的。

故乡不是以一个人远离它的物理距离来界定的，如果你远离了家乡的生活场景，不再和家乡人有过多的交集，即便只有一年半载，家乡就变成了故乡。

那么，我就称我的家乡为故乡吧。

那里有我的故人，应该有很多很多，但我只讲三个，这三个人与我有过短暂的交集，分别发生在二十年、三十年和四十年前。但这三个人在过去的几年里，以各自的方式辞别人世。

他们去世的消息，都是我母亲通过电话告诉我的，但我早已记不起他们的音容笑貌，并且把他们与其他人相互叠加，混淆在了一起。后来全部是母亲帮我理清的，譬如，母亲这样提示我：你小时候，那人经常会到我们家里来……记忆就会非常勉强地拼接起来了，但仍是碎片化的、模糊的。

我先讲第一个人吧。

看上去，他像个"读书人"，喜欢穿中山装，总是蓝色调的，上衣口袋里会插一支笔，在二十年前，这样的打扮也显得"古典"。他的头发很短，但理得很整齐。他不是本地人，是修建新安江水电站时从淳安县迁来的，住在离我们村子二里地的移民村里。二十年前，我刚参加工作不久，有一次回家，他突然来找我，说是来借书。我是不认识他的，我也不知道他怎么会知道我家里有图书。他借了什么书，后来有没有还，我一概记不起来了。但他说话的样子，我还有印象，声音是高昂向上的，整个人看上去有些亢奋，照现在的话说，很有"正能量"。他似乎与我父母的关系不错，有一次他看到我发表在杂志上的文章，还拿着杂志给我父母看。二十年里，他跟我通过电话，但不会超过三个，其中一个电话的内容我还记得，大致是他写了一篇小稿子，让我修改一下。得知他去世的消息，刚好下班回家，说他死得非常突然，早上还好好的，到了下午，他一个"倒栽葱"倒在建筑工地上，人就救不回来了。那天晚上，我坐在沙发上心神不宁，总是想起这个人，虽然二十年来只有几面之缘。

第二个人是个农民，长得很高，但非常瘦。从侧面看过去，他就像一块木板。他是上门女婿，他很少在村子里高谈阔论，有人开他玩笑，他也不会回应。他每次遇上我，总是远远地就向我打招呼，声音不高，但真的非常真诚。我每当想起他，就与这样一个场景连接起来：很热的夏天中午，知了在树上叫，他穿一件厚厚的上衣，戴一个草帽，扛着锄头，在田地里锄草……整片田野里只有他一个人。有时候我午睡醒来，去屋前的泉水池边取水时，会见他锄草回来，上衣被汗水完全洇湿了，贴在他瘦瘦的身子上，他显得更瘦，真的像一块木板。他死于中风，躺在床上无法动弹，但子女们很孝顺，敬心服侍他。母亲对我说，中风后他曾在床上哭。我听了心里很难过，现在他去世了，没有痛苦了，但我心里还是很难过，虽然他不是我的亲人，但我总是会想起夏天中午，他还在田野里劳动的样子。

第三个人，记忆当中只有一个模糊的影子。我十一岁前，是住在大村子里的，老屋就与她家相邻。我小时候非常顽皮，顽皮到连最疼我的曾祖母也担心，像我这样的孩子以后还有没有未来。但后来发生了大逆转，父亲搬出了大村子，把房子造在了离村二里地的偏僻山脚，我就在那一年，突然懂事了，学习成绩突飞猛进，后来成为村里历史上恢复高考后第四个考上学校的孩子。她一定知道我小时候的顽皮，因为我还有模糊的记忆，曾在她家屋子里捉迷藏，偷采过她家门口的蓖麻果，她一定知道我四十年前那糟糕的童年。她的去世也是母亲告诉我的，走得很快，说是早晨起来身体不舒服，送到医院就不治了。

站在岁月里，回望故乡和故人，心里是怆然的。这种怆然，是对时间剥夺一切的无情。我想不可能有人为故乡的普通人"立传"，即便是他们的亲人，也会在岁月中慢慢失去记忆。

但这一切，不断地在纠正我的人生观和价值观。生命就如大自然里的花花草草，际遇各有不同，成为花的，固然可以灿烂一季，欣欣自喜；成为草的，默默一生，也有自己的活法。一个人在别人的眼里，不过是一个过客，甚至连过客也不是，只有自己才是自己的全部。而最后，我们都一样，不过是在这个世界走过一次而已，如果以这个视角来观人生，人生太多的忧虑和痛苦，关于人际关系的，关于人生奋斗的，会看得更通透。

# 被依靠

日本作家米泽穗信说，"人在被依靠时才能成为人"。如果你懂这段话，那么，你长大了，你的人生体验一般也差不到哪里去，因为从此以后，你可以从平淡无奇甚至惨淡的生活中，品尝到来自心灵深处的愉悦感和幸福感了。

那真的是一件极其美妙的事情。

在杭州的一个论坛上，看到一段网友写下的散淡的文字。但就是这段文字，让我反反复复读了好几遍。

"妈妈到杭州来了，她是南昌铁路局的，因为单位里组织旅游，才到杭州来的。她说，第一次看到西湖是杭州解放不久，部队经过杭州住在塘栖。那时正是枇杷上市，老乡养蚕的季节。第二次到西湖，是她转业到地方工作前，和我父亲一起来杭州。我当时还不会走路，骑在父亲肩上。妈妈说，两个军人，穷得不行。什么也买不起。就这么在平湖秋月转了一圈，我趴在父亲头上睡着了。"妈妈说，那时一对军人夫妻要带一个小孩真的很难，但他们觉得好幸福。

这段文字为什么打动我？就是那段"我趴在父亲的头上睡着了"。这是多么美好的事情，一个孩子，把一切交给了你，她那么信任你，在你的身上睡着了，想想是都要笑出声来的美好，这是全身心地想去呵护的责任啊。

前几天一家卫视在播这样一条新闻：一位低保户养了一只宠物狗，每月花销要几百元。她的低保费用的三分之一用在了这条宠物狗上。她的大姐苦劝她把宠物狗送走，不然可能不能享受低保了，但她坚决不同意。

记者上门与她沟通，她仍然拒绝将狗送人。低保户说："它是依靠我的呀，没有我怎么行呢！"

我还是有点感触。

人间大爱，皆在点滴之间，一个依靠，就是一份责任。我一直坚持认为，人是为责任活着的，一个人如果有了"责任"感，那是幸运的，如此才会有无私的付出，无偿的奉献，无穷的快乐。生育我们的父母很少会说苦，他们说得最多的是你成长过程中给他们带来的快乐；你看到过一个慈善者说过心疼自己散尽千金的痛苦吗，他们说得最多的是自己的能力有限，只能帮助这么少的人……

我也有个儿子了，小时候我时时体验着儿子小时候趴睡在身上的感觉，他胖胖的，又汗涔涔的，小脑袋耷拉在我的头上，热热的，睡得极其甜美，有时候还会流口水，我不敢动，就让他睡着。对于我来说，那是极其辛苦的事，但又是感觉特好，可以慢慢享受的事。在儿子睡在你身上的那段时间，什么烦恼和忧愁，都不会再去多想。

因为他是那么弱小堪怜，又是那么地信任我，此时此刻，我是他的天，我是他的地，我是他的一切。

这有多好啊，因为被依靠着，也幸福着。

# 各安天涯

　　一根 100 兆的光宽带拉进了父亲的书房。父亲的书房靠山，冬暖夏凉，有了光宽带后，我送给父亲的 iPad、智能手机、电脑全部派上了用场，他在书房里的时间越来越长。

　　这是母亲对我说的。

　　他的手机上装了一个我所在媒体出品的新闻 App，显然对它情有独钟。每次回家，他都要和我探讨这个 App 存在的缺憾：譬如新闻不够多，有时标题看不懂等等。有时我就拿出笔记本电脑，当着他的面，把最新的新闻发布上去，把他看不懂的标题修改了。

　　他就站在旁边看，很感兴趣。

　　一个年过七旬只有小学文化的农民，在农舍里特意设置了一个书房，书香满柜，还懂得使用数码产品，这不是我当年能够想象到的。

　　我当年最担心什么呢？就是两位老人的养老问题。但这一切在五六年前迎刃而解，因为省道扩建，政府征收了一部分田地，按政策，父母还参加了失地保险。就在那一年，政府又出台新政策，失地农民可以参加职工大社保，我为父母补交了一笔钱。现在父母每月的"退休金"近 5000 元。

父母的心态的变化是从拿到"退休金"开始的，家里还有一些田地，但他们在田地上劳作的目的发生了变化，种水稻种麦子种蔬菜不再为了经济收入，而是为了绿色餐桌。自己吃不完，他们会乘 1 个多小时的公交车，送到城里来给我。

我经常劝他们，不要种那么多的农作物。但母亲说，我们种庄稼就相当于你们城里的老头子打太极，老太太跳广场舞，这是锻炼身体。

一个曾经面朝黄土背朝天的农民，把当年赖以生存的种庄稼，在年迈之际视作锻炼身体，这算不算是一种理念的颠覆？

如果你去细细玩味其中的变化，真的让人感慨万千。

有时我疲惫不堪地坐在城里 17 楼的办公室里，看着这座城市连绵的灯火，还有马路上的车水马龙，总有一种身不由己的感觉。但我的心是放下的，是"各安天涯"的感受，这样真好。

因为那个牵肠挂肚很多年的父母养老问题，比我梦想中的，要好太多。

几年前我决定在杭州购套房，首付一时难以凑足。就在纠结买与不买的时候，父亲一个电话打来，说："你要买房，我有钱啊！"父亲一下子拿了一大笔钱送来了，我瞠目结舌，不知这些钱是从哪里来的。

父亲说，我们平时自给自足，身体也好，所有的退休金都存下来了。如果你需要，我还有呢。

父亲这笔钱帮我度过了燃眉之急。我对杭州那位看过太多的土豪的房产销售说，我的首付中有 15 万是农村 72 岁的老父亲资助的，我还刻意地与朋友说，与同学说……

你们知道的，我想表达什么。

是的，这个世界的最大的变化就是"变化"，疲惫与坦然，感动与感慨，获得与满足，这个丰满而生动的故事，就发生在我们这个家庭。

我们是中国几亿家庭中的一个组成部分。在谷歌（google）地球上，我的这个家地处浙北山区，在青山绿水间，一幢微不足道的三层小洋楼。那里有我生我养我，现在怡然自得、安度晚年的父母。

而我在城市的楼群之中，我们彼此，各安天涯。

# 没有好好告别

　　曾祖母去世那天，正是除夕。如果时间往前推两天，她还在门口晒太阳，还会对人打招呼。但几乎在一夜间。她的身体状况就不好了。

　　我母亲说，这叫"油灯耗尽"。曾祖母待我极好，我一直认为这种"好"用文字来描述都会显得苍白。

　　曾祖母过世已 29 年了，每次回老家，我都会到她墓前站一会，说一声"阿太，我来看你了"。母亲说，也许你们都是属猪的，生肖上合得来。

　　但是，我这辈子最遗憾的事情是没有和曾祖母好好告别。那年我还沉浸在高考落榜的心理阴影中，感觉那一整年的天空都是阴沉沉的。除夕那天早晨，叔叔在我家门口高喊着父亲的名字，说曾祖母起不了床了。曾祖母那时吃"轮宗饭"，这一个月刚好住在叔叔家。我比父亲早一步赶到曾祖母的床前，曾祖母躺在床上，她从嘴中轻轻吐出我的小名，便不再说话。直到父亲和母亲赶到，她才努力睁开眼，让母亲打开木箱子，里面有新的衣裤，有几十元钱，还有几个铜钱。

我本来应该一直待在曾祖母身边的。那年我 18 岁，我承认自己还很幼稚，父辈们从来没有把我当成是一个大人，他们让我先回家，而我真的就回家了。快到晌午，父亲急匆匆回来了，说曾祖母过世了。

我跑到叔叔家，但叔叔家里一下子变得非常的平静，叔叔在和村里的一位长辈低声商量曾祖母的后事；婶婶在灶间烧开水……曾祖母躺在床上，红色的被子盖过了头。

长辈们对我说："你不要过去。"

我就站在叔叔家的大门口，觉得整个人都空心化了。多年以后，我才知道这是痛苦。

这是我人生当中第一次面对亲人的去世，之前我的祖父、外祖父、外祖母，均在我记事之前已经离开我。还在世的长辈，只有祖母。

三年后，祖母在我家屋前摔了一跤，从此卧床不起。那时我已在江苏求学了，是父亲写信告诉我的。

那年"五一"节，学校有假，我乘火车回家看望她。祖母已大小便失禁，我回校前的那一天，我对祖母说："你要吃什么，就对我爸爸妈妈说。"祖母哭了，声音很低，是努力克制过的，那种哭声，我一直记得。

两个月后，父亲来信了。说祖母已经过世了，丧事也办好了，葬在祖父的墓边。我很震惊。父亲信中说，之所以没有告诉我，是因为祖母出殡的时间，刚好是我的期末考试时间。祖母咽气前，是征求过祖母意见的，祖母说，考试要紧，太远了，不要回来。

大人们那时一致认为，远在江苏的我，没必要回来。我能理解父辈的考虑，但是我留下了遗憾。这种遗憾随着年龄的增长，一点一点累积起来，让人越来越愧疚。

就在这个春天，一个久雨见晴的周末，我喝着绿茶，看一部英国电影《遇见你之前》，主人公威尔因为一场事故，让他从脖子以下瘫痪了，女主角小露成为了他的护工。威尔已经失去活下去的信心，他选了安乐死，但答应父母他可以再活一年。在等待安乐死的日子里，小露带着他去马赛，跟他一起看国外电影，努力让他感到快乐，想让他放弃安乐死这个选择。

但威尔没有这样做，在一年期限来临之际，他开启了自己的死亡之旅。在这场生离死别中，没有痛苦，没有挣扎，就像赶赴了一个约定，就像朋友间的一次离别，还能说一声"再见"。这是多么从容的一种生死态度！

如果可以，我多么想学会好好告别，对已故去的亲人，说一声"来生再会"。

# 给猪点蚊香

　　父母一直生活在农村，他们有一种与生俱来的"崇尚自然论"。譬如上山砍树，会有一个简短的祷告，"你长得这么高也不容易，但家里需要你做橼梁，委屈你了"云云；如果屋旁有蛇出现，母亲会从米缸里取出一些米，撒在周围，双手合掌，说"蛇仙哪，你快走吧，不要来吓我们了"；如果家中要养一条狗，狗崽进门时，母亲就会抱着狗在家里走一圈，说"这是你的家，你以后可不要嫌弃"。诸如此类，回忆起来，非常有趣。在外人看来，这些"祷告"神秘兮兮的，甚至有些诡秘色彩。但小时候从来没有去想过父母为什么会这样做。

　　有一年去四川的藏族聚居区，沿岷江而上。在一大片草原边，开着数不清的野花，在一棵新伐倒的大树边，挂着许多经幡，随风舞动。导游说，这里的藏族人认为万物有灵，他们极少去砍伐树木，这里可能因为修路不得不砍掉这棵树。但藏族人为树做了祷告，这些经幡会带着"树灵"升上天堂。

在一些偏远地区，人类的确保持了与自然和谐相处，特别是在藏族聚居区，森林、水源、山体等等，藏族人认为是万万不能破坏的，否则将给自己带来厄运。也正因如此，那里才保持了古朴的原生态环境，那些未经破坏的环境草木丰华，没有给他们带来灾难，而是庇佑了他们在这里繁衍后代，生生不息，最终成了现代人的旅游目的地，都市人心中的香格里拉。

在一些人眼里，像我父母这样一辈子与泥土打交道的老农民，是因为科学文化知识接受得不多，而被动沿袭了"崇尚自然"的思想，是"迷信"的受害者。而我的生活经历却告诉我，如果没有敬畏，对一个人来说简直就是一场灾难。

老家在清朝时出过一个名叫陆介眉的举人，在他笔下，老家有十景，景景以山水为衬托。我小时候也记得村里绿树成荫，如果走到村外，整个村庄是被遮天蔽日的大树掩映的。旧时老人认为这些古树是"风水树"，千万砍不得。但到了20世纪70年代中期，绝大多数树木成了农民做饭的柴火，原来苍翠的山头也成了不毛之地，紧接着是伴随而来的是泉水断流，导致全村饮水困难……

我节假日喜欢带着孩子回老家，我从年迈的父母那里得到很多生活的智慧，可以让我心灵平静。他们敬畏鬼神，敬畏万物有灵。他们与猪、猫、狗这些家畜也融洽相处，譬如猪看到母亲走进猪圈，会站起来摇头晃脑，"嗷嗷"地轻叫；小狗一边摇着尾巴一边在地上打滚，逗她开心……真是有趣得很。

夏天的晚上，山区蚊子多，夜幕降临了，母亲在唤父亲："打火机在哪，点一盘蚊香。"我说我们不用蚊香。母亲说："不是给你们点的，是猪，猪圈里有蚊子，蚊子叮猪，它会很痛的。"

我才明白为什么老家的柜子里会有那么多的蚊香。

母亲真的很可爱。

# 人是要有尊严的

　　他是一个一丝不苟的人。每天头发总是梳得顺顺的，胡子刮得干干净净的，衣裳也非常整洁，大部分时间他穿的是西装，还要打上领带。

　　但他是一个农民，家里有十多亩地，一个小型的养猪场，每天有干不完的活。在田里干活的时候，他当然不会穿西装，是一身淡军绿的棉布衣。别的农民干活累了，会坐在田埂上，点上烟。而他坐在一张休闲凳上，慢慢地喝茶。那神态像是坐在茶馆里，在欣赏江南丝竹。

　　一个农民能这样优雅，显然已是"另类"了。有一年，市里来了一个大领导，在村里开座谈会，他也在场。领导就一直看着这个穿着西装，十分严谨的农民。会开到一半，领导忍不住了，低声问村里的干部。村干部嗓门大："他没文化，是个老农民，不是退休干部，他喜欢穿得周正点，平时都是这个打扮。"

　　领导点点头，又朝他看看，有点不可思议。

后来，他得了病，是肝癌。检查出来的时候，已经扩散了。家里人瞒着他，说只是肝炎，他吃了一个多月的药，觉得不对劲了，问家里人他到底得了什么病。他的大女儿一口咬定是肝炎。

他不信。独自到城里检查去了，检查出来是肝癌晚期。他一个人乘车回家，刚好有一位亲戚来串门，他到店里买了酒，又到地里拔了一些菜，烹饪了一桌好菜，和那亲戚聊到晚上。

亲戚走后，他站起身来，脸色骤变，摸着腹部，已经站不稳了。

当晚他就进了医院，再也没能从医院里出来。肝癌是非常痛苦的，许多身罹此病的人，都会痛得满床打滚。但是他从住院的那一天起，总是平平静静的。

有个护士给他注射药水，发现他的床单已经潮湿了，身上全是汗水，床单两侧，被他紧紧抓着，因为用力很大，手上的青筋已经暴出来了。护士奇怪地看着他，后来护士突然明白过来，轻声说："老伯，如果痛，可以出声的。"

他挤出一句话："可以忍的。"

他去世的那天，是一个雨天。他似乎已有预感，看着窗外一阵又一阵的雨，对陪在床边的女儿说："我回家的时候，不要用拖拉机，最好叫个中巴车，这样雨就不会淋到我身上了。"

女儿非常奇怪，不知父亲何出此言。

他说要刮刮胡子，说最好能理个发，换身干净的衣裳。他在说话的时候，手已经开始抓着床单，他越抓越紧，呼吸急促起来。他的女儿看看不对劲了，去叫医生。

医生去餐厅用早餐去了，护士赶过来，看到他已经一动不动了，但手却紧紧抓着床单。女儿去握他的手，哭着喊"爸爸"，他似乎还有一点知觉，嘴里似乎发出了一个音——痛啊。

他去世了。

这个农民的故事是父亲讲给我听的。后来他的女儿想把父亲的遗体装回家，村里所有中巴车都不愿意，最后只有叫了一辆拖拉机，外面的雨很大，到家时，遗体还是湿了。

女儿跪在地上哭，说："对不起爸爸，你身上湿了。"

邻居看了，说："你爸爸一生爱干净，赶快给他换身干净的衣裳吧。"

这是一个普通的农民，但是这个农民的形象有时候突然会在脑海中浮现出来，我不知道这是为什么。

在江南莺飞草长的日子里，我在老家的书房里，翻出了一本结满灰尘的《蒙田随笔集》，机缘凑巧在翻到了其中的一页，上面写着一句话：从事哲学不是别的，就是学习死亡。蒙田说，从你出生的第一天，在给你生命的同时，就把你一步步引向死亡。你的每一天都向死亡迈进，而最后一天到达终点。在人的一生中，"我们可以把我们的财物、生命转借给我们的朋友，以满足他们的需求，但是，转让尊严之名，把自己的荣誉安在他人头上，这却是罕见的"。

我就被这句话"击中"了，许多徘徊在心底，欲说还休，或是说不上来的一切问题，被这句话全部概括了。人是要有尊严的，从生到死，这是一个永恒的主题，爱和恨，道德与非道德，名和利……都逃脱不了对"尊严"的追求。也许我们并不一定惧怕死亡，但是，谁也不能保证当死亡来临，还有一种意识可以支撑我们最后的尊严。但是当生命走到尽头，仍然坚持着以"体面"的方式离去，这是作为一个人的最大尊严。

但这位老农显然不知道蒙田，也不懂哲学。但是他的一生中所有的坚持，是不是就是为了最后那一刻的尊严？

日本有个著名的和尚叫一休，一休年轻的时候，有人难为他：世界上什么事最大？结果，一休和尚用笔在地上写下了一个字——"死"。

学习死亡，就是学习如何面对人生。那位老农，在我看来，已然可以和蒙田促膝相谈。

# 驱赶你的人生阴霾

喜欢上了日本导演宫崎骏的动画片，有很多很多理由。

在《龙猫》中，小梅和小月跟着父亲搬到了乡下，住进了一间被别人称作"鬼屋"的旧房子。

小梅和小月好奇地在房子玩耍，她们发现了一种奇怪的动物，黑黑的，像影子一样在空气中飘浮，当有人出现时，它们会很快地钻入木缝中躲藏起来。

邻居阿婆见来了新邻居，过来招呼。看到小梅和小月的脚上沾了一层像煤灰一样的黑黑的粉尘，阿婆说："这间房子里很久没有人住了，肯定住进了煤灰虫，你们不要怕它，它们不会害人，只要你们开开心心地住上一段时间，煤灰虫们就会搬走了。"

晚上，刮起了大风，旧房子摇摇欲坠。风停后，旧房子里笼罩着一股神秘的气息。爸爸带着两个女儿在洗澡，孩子们非常恐惧。

爸爸说："我们快乐一点吧。"爸爸哈哈大笑，在浴池玩起了水，两个孩子也大笑起来。

躲在黑暗当中的煤灰虫们，看到这么开开心心的一家人，纷纷飞出来，全部溜走了。

好简单的故事，但却带来最真切的感动，它让人想起童年。而童年，每个人都有，即便身处老境，我们仍然会想起童年。

这是我喜欢宫崎骏动画片的原因。

我不知道中国有没有"煤灰虫"类似的故事，我童年的时候曾祖母也给我讲过。

我的童年，在封闭和落后的农村。那里没有动画片，甚至连收音机也没有。我童年的童话故事是乡村代代流传的鬼怪传说，吊死鬼索命、溺死鬼偿命、大头和尚作弄人等等，这些故事充满了诡异和恐惧。听多了，晚上不敢外出，深夜起来不敢一个人上茅房。后来在村里的学校上学，晚自习结束后，就不敢一个人回家。幸亏村里有三个小伙伴，大家结伴而行，但我不敢一个人走在后面，因为我总觉得身后有一个人跟着我，浑身起鸡皮疙瘩。

曾祖母对我说，每个人身上都有"光"，鬼是怕人的"光"的，当有"光"的人走过，鬼就吓跑了。我现在理解的"光"就是"坚持、抵抗"的意思。

我问曾祖母，人怎么能得到"光"。曾祖母说，你要高兴一点，不要害怕，脸上镇定自若的，喜气洋洋的，鬼就怕你了。后来我们家搬离了村子，住在了离村很远的一座山下，学校晚自习下课后，我只能一个人回家，回家的路要经过一个坟堆，山下的路黑黑的没有人家，我就装作喜气洋洋的样子，有时唱着歌，有时握紧拳头在心里呐喊着：我是最厉害的，我谁也不怕。

我真的不害怕了。

童年的这段经历给予我终生的启发。害怕一样东西，逃避是没有用的。只要你开开心心的，摆出一副与之"决战"的心态，即便是"鬼"也是怕你的。

现在我已到了这样一个年龄。许多亲人一个个地离你而去；还有朋友、同事也有罹患恶疾英年早逝的；孩子慢慢在长大，自己一天天在衰老，事业上并无多大的成就，日子就像复印机复制出来的一样，对这一切，我无能为力，就像掉入了深深的泥淖，在慢慢往下沉，没有人来拯救你我。心情不由得抑郁起来，总是得不到快乐。

生活就是一面镜子，你对生活笑，生活也会对你笑。你开开心心，再大的烦恼和忧愁，也不会近你身体。人生是有常识的，许多人患上心理疾病，心灵被阴霾笼罩，坐立不安、食不甘味，都是因为缺失了最基本的常识。

而这样的常识，在童年的时候，我们已经学习过了。

# 成　长

　　偶遇以前的邻居夫妻，正在嘘寒问暖之际，一个漂漂亮亮的姑娘走过来，挽起女邻居的手，笑颜如花。女邻居说："我女儿。"

　　他们搬家也就六七年时间吧，那个长得像洋娃娃一样的小女孩，已亭亭玉立了。女邻居说，她小时候喜欢唱歌，还是学校合唱团的领唱。去年她对美术感兴趣了，说以后要到国外去深造。她自己报的美术班，每周三节课，老师说她学得很好。

　　想起和他们同住一个单元楼的时候，几乎每天清晨，就会听到小姑娘"呼天喊地"地哭，那稚嫩的声音常常把我这个夜猫子从睡梦中惊醒。

　　"我不要去幼儿园，就不去。求求你们，让我在家好吗!"

　　听着听着，我就想笑，一笑，睡意就没了。

　　记得有一次，小女孩的妈妈一个人拖她出门，她哭着喊着赖着不走。小女孩妈妈想把她抱起来，她就挣扎，双腿乱蹬，搞得狼狈不堪。

我就帮着抱起她，一口气抱到楼下。就这一遭，小女孩对我很有意见，后来一见我，就把小脑袋扭到一边，嘟起小嘴巴。她爸爸妈妈让她叫"叔叔"，她总是很不情愿地咕哝一句"叔叔"。

一想起她小时候的样子，我又想笑了。

孩子恋家，喜欢熟悉的环境，离不开爱他的亲人，是天性。但人生是无法在没有陌生人的环境中走完全程的。一个孩子长到三周岁，就应该像老鹰一样，要把幼雏推出窝，让它自己学飞了。去学习，去交际，去受伤，还会学会自愈。

成长，向来是一种艰苦而无可奈何的事情。

当年我儿子也一样，不肯去幼儿园。我和母亲一起"绑架"着他去，一路上他哭啊、喊啊，大冬天的，会把我累出一身汗。

他总是喜欢与我睡在一张床，紧紧依着我，儿子说："如果有一天，我不用上学，你不用上班，一家人从早晨开始就在一起，那有多好啊！"

事实上，我是多么怀念那个儿子还在童年的时光。

后来他长大了，读小学了，读中学了，每天清晨，有时我睡过头了，他已经穿戴整齐，过来叫醒我："爸爸，你能不能快点，我上学要迟到了。"

这就是一个孩子的成长。

现在儿子读大一了，已有清晰的人生目标。他时常在深夜给我分享一张大学图书馆仍然灯火通明的照片。他的微信封面的签名是："城市慷慨亮着整夜的光，如同少年不惧岁月长。"

成长是一件非常美好的事情。但是，我内心仍然有淡淡的悲伤。

# 丢失了的故乡

路遥的《平凡的世界》现在很多年轻人看不懂了。一位"00后"对我说,这本小说里面写的是什么呀,公社和地委是什么组织?学生上学为什么吃不上饭?

我不知道怎么去回答。

你有没有发现,大量诞生于20世纪90年代前、影响了几代人的优秀的文学作品中描写的故事,年轻一代再也读不懂了。因为这些文学作品描写的场景,已经在现实生活中找不到对应物了。

这个世界真的发生了翻天覆地的变化,城市里大量市井味道的街巷被夷为平地,同时被摧毁的还有活色生香的生活场景以及紧密的人际关系,取而代之的是高楼和大厦,还有"行色匆匆"以及无尽的人际陌生感。

农村也是如此,宗族血脉的维系力量开始式微,村民不再以传统的"长幼有序"伦理道德维系宗族的和谐,而是以财富的获取量作为最重要的衡量标准,农村自治从以前的"宗法"治村,慢慢演变为"能人（富人）治村"，久远的议事规则早已走远，甚至被作为"封建阴魂"批而判之。

现如今，让年轻一代去读经典的《白鹿原》，他们是读不懂的，因为我们的生活当中已经不存在这样的场景。我们已经丢失了故乡，同时丢失掉的不仅仅是故乡的街巷、水井、榆树……这些外在的东西，还有上百年甚至上千年一直在传承的生活方式和生活经验。

在农耕时代，老人们的生活经验是丰富的。但是现在，老人们已经不知道年轻人在干什么了。年轻人沉迷于网络、出入于酒吧，无时无刻地翻阅着智能手机，年轻人再也不需要老人们来指导了，老人们也无法再去指导年轻人，老人们农耕时代积累下来的生活经验对年轻人来说已经"一文不值"。

这是一个生活方式、生活经验被断层的时代。

故乡已经丢在了路上，而新的故乡远远没有建立起来。大家现在都"走在路上"，不知哪里可以歇脚，最后到哪里可以安家。

我是 20 世纪 80 年代走出故乡的，当年曾计划当我老的那一天，我会回来的，但现在我发现回不去了。

现在这个我生活了二十多年的城市，不是我的故乡。而那个同样生活了二十年，陪我度过少年、青年的杭州北部的小山村，也不是我想象当中的那个故乡了。因为故乡的房子、故乡的山水，还有故乡人的心态和面目都与城里的陌生人一样了。

我还怎么回得去呢？

在城里的二十多年，我已搬了三次家，也许还会有第四次。我觉得自己像一颗灰尘一样在空气中飘荡，我不知道自己的根应该放在哪里。

　　这个我生活了二十多年的城市，有时会笼罩滚滚雾霾中，在傍晚回家的汽车里，电台里那首《鹿港小镇》唱得人差点泪崩："假如你先生来自鹿港小镇，请问你是否看见我的爹娘，我家就住在妈祖庙的后面，卖着香火的那家小杂货店……"

# 最初的梦想

孩子泡了一杯果珍，热气腾腾的，妻子那杯热水还在冒着热气。我刚买的茶叶是第一次试品，果然味道好极了。

窗外，华灯初上。

一家三口，难得有这样的闲暇。

孩子正面临中考，我问孩子："你长大后想干什么呢？" 孩子已十五岁了，已经学会了如何"规避"家长的询问，他默不作声。

我叹口气，自言自语。

我说我自己人生的第一个梦想是"娶一个穿裙子的姑娘"，孩子和妻子听完，看着我"呵呵"。

我说这是真的，那个梦想就是自己当年真实的想法，而且在我童年和少年时代野蛮生长着，但我当年从来不敢对人说起过。

那时我才八岁，在浙北一个偏僻小山村，有时走在上学的田埂路上，会想到自己以后长大了，应该娶一个穿裙子的姑娘；有时看着门口苦楝上的一群群的沉默的乌鸦，我又会想到以后应该娶一个穿裙子的姑娘。现在可能没有人会理解这个实在可笑的梦想。但如果你出生在 20 世纪 70 年代,你了解了农村的贫穷和封闭,你就会理解对一个八岁的农村孩子来说,去娶穿裙子的姑娘,那是多么不可思议的一个梦想。

在我整个童年里遇见的女人,都穿着灰色调的衣服,她们与男人一起在田间地头劳作,从来没有看到过一个女人,可以漂漂亮亮地穿着裙子。她们就是男人,没有性别的分别。

直到五岁那年,母亲带着我走亲,到了当时十分富庶的湖州。我第一次看到大城市里女人是这样的,她们留着长发,穿着花花绿绿的裙子,她们说话轻轻柔柔的。湖州的表姐那时正在上高中,她穿着白色裙子,轻舞风扬,她牵着我的手,到街边买菱角给我吃,我简直像做梦一样。

从湖州回来后,我就有了那个梦。

但我从来不敢提及它,一直放在心底。我仍然是那个父母亲眼中顽皮的小孩。读初一那年,父亲与叔叔交恶,父亲把房子造到了村外,父亲要造的是一幢三开间的土房,材料就是山上的黄泥。不少亲戚来帮忙垒墙,他们就"取笑"我:右边的那间以后是你的,以后给你娶婆娘。

我心里就恨恨的,我才不会在这里娶婆娘。

初二暑假,有一个场景彻底改变我的命运,直到现在我也这样认为,就是那一幕,我遇见了真实的自己,也造就了现在的自己。

我家有块水田就在公路边,这条公路从杭州通向千岛湖景区。就在那个酷热的中午,我赤着膊,满身泥污地在水田里和父亲劳作,一辆客车因为避让前方车辆慢慢停在水田边,车上是和我一样年轻的城里孩子，他们全都看着我，有几位还拿起相机朝我们拍摄……就在那一刻，我自卑得让我无地自容。

我为什么会站在这样贫困山区的水田里？他们为什么在暑假里可以坐有空调的客车去旅游？三十年过去了，每次想起那个场景，我的眼里仍然是热热的，想掉泪。

就在那初二的下半学年开始，我就好像换了一个人，天色微亮就起床了，背书做习题，我知道这是我唯一改变命运的机会，也是唯一能实现自己小时候那个梦想的机会。

在许多人看来，我从小到大就是一个有些木讷的，不善于表达，安身立命的人，但事实上我总是听从自己内心的召唤，感受自己心灵的搏动，一直在义无反顾地去追寻那个可能虚无的梦想。

马克·吐温说："跟世界上所有的人一样，我所暴露给世人的只是修剪过的、洒过香水的、精心美容过的公开意见，而把我私底下的意见谨慎小心地、聪明地遮盖起来了。"因为我知道，每个人总是喜欢接纳与自己的相同的人，而拒绝与自己不同的人。人本身固有的生存潜意识在提醒我，只有当我变得与人群中的其他人没有什么不一样的时候，别人才会接纳我。

我一直在想，天命之年以后，应该做一个真实的自己了。但我发现仍然做不到。我不想迎合别人做出违心的事情，但又不想为了做一个真实的自己，让自己"游离"在圈子之外。那是一种走钢线的感觉，摇摇摆摆，如履薄冰，人生的苦痛和纠结莫过于此。

我一直在想，我其实仍然是那个 70 年代小山村里那个小孩，在做一个不可能实现的梦，但那个梦想一直在自己的躯体里燃烧着，许多时候，连最亲密的人也一无所知。

# 生命的诗意

　　1976 年，中国的大地上发生了不少悲情事件。同一年，在德国，一个名叫海德格尔的哲学家也步入了"风烛残年"。

　　在夏季快要来临之前，他的生命之火终于熄灭了。海德格尔被人称为德国的"老子"。

　　海德格尔说过这样一句名言："我们是一些无望的、偶然的生命，被扔在一个没有我们也必然存在的世界上。"这是海德格尔的大实话，也透露着一个哲学家的让人可怕的理性。

　　但这个一生热爱诗，穷极一生在追求生命诗意的人，写文章时喜欢各式修辞的哲学家死后，德国人没有对他下一个结论，他的一生到底有没有诗意？

　　那什么又是诗意？

　　诗意就是与众不同，诗意就是人生奇迹……对大多数习惯把一切交给别人的人来说，那么海德格尔的一生，本身就是一种诗意。因为在海德格尔眼中没有任何意义、那么偶然的生命，他却用来思考，为这个世上留下了宏伟巨著，结果诞生了创造的奇迹，这不就是诗意？

如果用最短的一句话给"诗意"下一个定义的话，那么这句话应该是："化腐朽为神奇。"诗意就是从无望中活出了有望，偶然中悟出了必然，就像在一块腐败的泥土中，竟然培植出了鲜花和果实。

海德格尔讲过一个故事。一个国王要杀一个人，有位大臣说："我的国王，你能不能不杀他？"国王说："我杀他是我的权力。"大臣说："你不杀他，那才是你的权力！"

我不知道这个故事中的国王，到底有没有杀掉那个人。但海德格尔讲故事用意非常强烈：人不过是一个过客，如果一个生命要有诗意的话，那么绝不是破坏，而是创造。而只有让人活着，才有可能创造，不知道我们有没有误读了海德格尔。

是啊，生命的意义就在于创造，而不是毁灭。一个画家把一块只值几毛钱的纸变成了艺术品；一个工匠将一块顽石加工出了艺术品，结果价值百倍……你看到一个活着的生命竟然如此奇妙，诗意就像微风一样，从你心灵窗口徐徐吹来，沁人心脾。

# 为一只蟋蟀感动

杭州一女孩，美丽率性，家境富足，做过几年公司金领，赚下人生第一桶金后，性情大变。辞职走人，离开杭州，云游天下。

这自然是精彩的人生，再无工作压力，再无人事倾轧。今日可在香港维多利亚看夜景，明日可到澳大利亚海边食牡蛎，后天可以直飞夏威夷泡温泉。

但不少人却在她的博客中留言，你每天游山玩水，钱终有用完的一天，当那一天降临，你将如何面对？她的回答是：就是因为你们担心这些，所以一年之中连进行一次五日游的时间也没有。

这位女孩是自由的快乐，而我们这些工薪族是"受约束的快乐"，两种快乐，孰乐？

看到一则新闻。美国有位"达人"，这十多年来一直开着一辆老爷车周游世界，他的妻子是在路途上认识的，他的子女也出生在旅行中，他的年华也从青年"旅行"到了中年，但他从来没有想过就在一个地方待下来，他现在只是抱怨他的旧车最高时速只能跑 64 码。

这也是一种不受约束的快乐。

而对大多数人来说，一份稳定的工作，积攒了半辈子而购置的不动产，眼前熟悉而不那么讨人厌的环境，都是我们云游天下的羁绊。我们宁可被约束着，也不愿抛弃一切，去享受生活的精彩。

20世纪60年代，美国著名的儿童文学作家乔治•塞尔登写了一本童话《时代广场的蟋蟀》，这本书被誉为全球50本最佳童话书之一。

《时代广场的蟋蟀》讲述了一只名叫柴斯特，来自康涅狄格州乡下蟋蟀的故事。一直生活在乡下的柴斯特无意之中搭上一辆开往纽约的火车，来到了繁华如梦的时代广场，无处安家的柴斯特遇上了在地铁站里卖报的白利尼一家人，是白利尼收留了它。

白利尼一家有一天突然发现这只蟋蟀与众不同，它可以演唱《重归苏莲托》、歌剧《阿依达》等高难度的乐曲，还能演奏莫扎特的小夜曲，每次演出，地铁站里经过的人都会为它驻足和喝彩……一只乡下蟋蟀就这样一夜成名，成了时代广场最为著名的音乐家，它得到了许多城里人一辈子梦想得到的东西，荣誉、名气、金钱、尊重……

但是柴斯特在它的音乐事业到达巅峰之际，却作出了一个让人惊讶的决定，离开时代广场，回到康涅狄格州乡下。白利尼一家人极力劝阻它，但是这只蟋蟀的朋友——亨利猫说，柴斯特的一生都是属于自己的，它就应该去做自己想做的事情。如果成名没有让它感到快乐，那成名对它来说又有什么意义呢？

最终这只蟋蟀还是回到了乡下，重归原先那种没有人懂得欣赏，与秋虫一起鸣唱的日子。

本来这本《时代广场的蟋蟀》是给正在上学的儿子看的，但我前前后后看了两遍，每次看完，掩卷沉思，总觉发人深省。

我想这是一个关于人生的大课题。人这一辈子与生俱来至少存在三大困顿，痛苦、孤独与恐惧，它不会因为一个人的财富、地位而发生改变。这三大困顿就像"地心引力"一样如影相随，不管你承不承认，它永远存在。人的一生需要爱情、友情，需要交往、需要关怀，但害怕被抛弃、害怕孤立。夜深人静的时候，只要想一想，就会产生时代广场上那只蟋蟀一样的人生拷问。

但要听从内心，做到身心相随，需要极大的勇气和智慧。有的人被物欲吸引着，让物欲的满足携带着我们一路狂奔，属于自己真正的快乐一点点地在消失，最终演化为追求名利的快乐，快乐的真正含义异化为一种"受约束的快乐"，就像白岩松所说的那种"痛并快乐着"，但实际上，这并不是真正意义上的快乐。

还有的人依靠对哲学、神学、科技、娱乐、旅行等等，千方百计转移或麻醉自己对人生困顿的切身感受。而更多的人深深依靠爱情、亲情、友情来冲淡人生的困局，把自己置身于"人际圈子"里，置身于热热闹闹、看上去红红火火的生活中，用这样的方式来说服自己的生活是正常的，也是快乐的。

但快乐应该是一种极其自我的选择，由心灵作出，也只有心灵才能体会，它是纯粹的，是简简单单的。它就在我们每个人的面前，但需要你用极大的勇气和智慧去达成。

正因为我们很难企及，无法做到，总是舍不下、抛不了这花花世界给我们的麻醉和诱惑，我们知道那是不是我们想要的生活，但我们没有力量去改变。

所以我们会为一只童话中的蟋蟀感动。

# 穿越生活的丛林

社会越现实，生活便越无诗意。

二十多年前，第一次高考落榜，同学赠我普希金的《假如生活欺骗了你》，用方格子誊写，我保留至今。每每整理旧物，读一次，心中便会感慨一次，觉得是此生最为宝贵的礼物，总是感受到它仍然可以从二十多年前的时空穿越而来，在城市的高楼和闪烁的霓虹中激荡我的心灵，让我一下子平静下来去回望具有无限可能又一无所有的早已逝去的青春。

赠我诗的同学现在已全部没入了生活的泥淖，我觉得这位同学只留出了两只手，还在泥中挣扎，即将沉没，我只能远远看着，痛心疾首，却不敢言说，也没法去拯救。因为这样掉入泥淖之中的人太多了，呼号遍野，甚至我自己也是，自身不保。或许是婚姻、家庭、子女教育、养老问题以及享受，或者是与人攀比导致心态失衡等等，每个人越来越现实，那个读诗也写诗的青春少年，早已化为茫茫人海中的普通一员，也成为微信朋友圈里竭力推销私房蛋糕、养生养颜之类产品"穷凶极恶"的超级推销员，"你还读诗吗?"这样的话我是无论如何也说不出口了。

像我这样的年纪，又是这样的当下，说自己喜欢读诗，说自己是一个没有著名作品的作家，是需要勇气的，因为你马上会接收到别人异常的目光和神色，我想这在大街上看到一只异形宠物犬是一样的，人们的目光猎奇甚至有些不齿。

有人感慨："诗歌与现代人之间永远存在着一种隔阂。"的确，置身于越来越现实的社会之中，社会分工越来越细，生活节奏越来越快，价值虽然多元但其实价值观已经一元，大众创业、万众创新嘛！人们崇拜的不是海子、顾城以及巴金和茅盾，而是马云或是盖茨。浙江桐乡的乌镇没有因为一位文学大师茅盾的故乡而名闻天下，却是因为一场由马云、马化腾等参加互联网大会而成为最热的新闻，官方媒体说乌镇将因互联网而从此中兴。

在这个火热的时代，诗歌或是文学还能做些什么呢？还有多少人相信"诗和远方"以及梦想和情怀呢？

没有冲突就没有文学，没有冲突自然也就没有诗歌。之所谓"生活不幸诗意兴"。在很大程度上，诗的出现，存在以及兴盛，与历史进程密切相关，内忧外患倒是诗家有幸。不仅仅是在中国，随着经济一体化进程加快，诗歌总体上呈现贫水期，当年那种读诗、写诗、抄诗的氛围已经成为久远的故事了。虽然诗歌仍在一定的圈子里流行，但越发小众化了。虽然微信这样的自媒体为诗友提供了一个交流或是发布的平台，出现了各种各样的诗歌会，但这样繁荣仍然是假繁荣。

现在请不要假以诗歌太多的意义和责任，或许把它落到个体之上，把诗定位为发现自我，在诗中找到自己这样的一个角色，也许更符合诗歌的本意。就像某一刻，街头飘过的一首歌、一串音符，不期然地打动了你的心灵，让你走了心，脱离了这个尘世几秒，这就是诗的伟力了。

我想在生活的丛林中，即便有满目的风光，树枝上挂满了果实，你拼命地去采摘，但也会有疲倦的一天。而诗里有生活参悟的禅机，也有联结情感的开关，因为人不可能永远人生得意，处于一种酣畅淋漓的心态，罪恶、疾病、死亡、痛苦等等，与人的一生如影相随，诗歌不可能给你提供解决方案，但是却可以让人沉静下来，给予你微醺的麻醉，以及解决问题的智慧和力量。

因为诗歌所描绘的生活，要比生活本身更完美；诗歌描绘的力量，要比所有力量本身更具有力量。诗有神奇的手指，即便上苍赐予了你千疮百孔的生活，它也可以把你点化。

有人说，诗是对个性化生活的一种浅吟低唱，让庸常的生活从此不庸常，那么，诗歌就不是一颗催生情欲的伟哥，而是一碗对身心有益的滋补鸡汤。就像柏拉图要求老人们那样，去观看年轻人的操练、舞蹈和游戏，以便从别人身上再一次享受自己肢体已经失去的灵活和健美，并且在回忆中重温曾经的灿烂年华和潇洒韵致，最终可以让苍老的生命容光焕发。

不要让思想和精神步入丛林之中，人活着不应天天苟且，而应留一点诗意和美好，努力去穿越现实生活的丛林，丛林之中，其实暗无天日，而丛林之外，毕竟海阔天空。

# 生活适宜远远观望

湛蓝的天空，灿烂的阳光，金黄的稻穗，在田地里收割的人们……朋友圈里在晒安徽绩溪的"秋收图"。

真的非常的漂亮，有一种古典的诗意。

久离土地太久，在手机上翻看这些唯美的照片时，有一种久违的感触。但看着想着，浑身就痒痒起来，手背上、脸上、脖子上就觉得辣辣的……

这是一种应激性反应，就像看了恶心的场景，吃不下饭，甚至呕吐是一样的，属心理方面的问题。

没经过农事，也没亲历过秋收辛苦的人，自然不会明白只是看了几张"秋收图"，就会在身上产生反应。但是你如果亲历过，"秋收"并不像大家想象中的那样美，也没有文学作品描写的那样每个农民都怀着"丰收的喜悦"，我觉得"每个农民心里有一种踏实感"也许更为贴切。

"秋收"正逢秋季，天气干燥，稻子的叶子很锋利，收割是一年中极其辛苦的事情，稻叶会割伤我的脸、我的脖子、手背；脱粒稻秸碎末会飞溅到你的衣服里，汗水会很快把这些碎末粘在皮肤上，让你浑身发痒……这就是秋收的真实情况。

我从来没有看到过父亲"因为秋收而喜悦"，他一直很忧虑，不多的粮食要吃到来年的五月，一日三餐都需要好好计算一下。像我父亲一样的老农民在村里有很多，他们只是劳作，不停地劳作，直到现在，我都没有真正弄明白，他们为什么要这样劳作？就像我现在一样，为什么要每天"朝九晚五"？为什么从中得不到来自内心的喜悦？

但在朋友圈的照片中，还是在文学作品中，却不是这样的。那些农民被赋予了生活达观主义，是懂得欣赏和享受生活甘甜的人。

辛弃疾的《西江月·夜行黄沙道中》，为我们勾勒了极其唯美、极具诗意的农事画面：

明月别枝惊鹊，清风半夜鸣蝉。稻花香里说丰年，听取蛙声一片。七八个星天外，两三点雨山前。旧时茅店社林边，路转溪桥忽见。

词中景象，本是乡野的惯常，但词人却把这活生生的"现实主义"诗化成了"浪漫主义"。

心灵真的是一种奇妙无比的东西，同样的事物，注入不同的情感和意义，就会得到完全不同的结果。可惜的是，诗意不常有，更多的人是被现实打倒，只有远离现实，要么把灵魂从现实中抽离出来，要把身体从现实中脱离出来，远远去观望，才能产生诗意。

# 消失的闲暇

　　离桥头不远，有一个修车铺。修车男人很矮小，但动作麻利；修车男人的老婆很高大，总是沉默不语。

　　从修自行车到修电动车，与他交集多年。他很诚实，很勤劳，整天没有空闲的时候；她呢，很贤惠，总是低着头在穿球拍，那是一项收入不错的手工。

　　后来我买了车，就不太光顾他的修车铺了。再后来，我的家从城市的一头，搬到了另外的一头，那就几年未与他照面了。

　　春末下了一场大雨，租客说房子有点漏。路过巷口时，发现他把修车铺搬到了这里，他低着头在刷手机，旁若无人。他的老婆呢，老了很多，坐在另外一角，也低着头，也在刷手机。

　　我向他个招呼，他愣在那，对我笑笑。

　　也许他早已把我忘记了。

　　导致漏水的原因，不过因为一张瓦，移动一下瓦片就可以了。租客把我带到阁楼，我在努力移动那张瓦，希望他给我一个援手。

但我发现，他竟然站在灰尘弥漫的阁楼间，在刷手机。

现在就是这样一个场景，无时无刻，何处何地，到处充塞着刷屏者，车站里，商场里，酒店里，大街小巷……形形色色的人重复着同一个动作。

可是本来，人们是有闲暇的。

闲暇的时候，三五成堆聚在一起聊聊天，打打牌，笑声朗朗，或是做一些副业。

譬如商贸中心那个卖衣服的阿姨，特别喜欢裁缝，记得她的服装店里还有一台缝纫机，她可以按照服装杂志上的样式，裁出最新款的衣服。但是现在，她的服装店门面扩大了一倍。而她呢，我总是看到她，在刷手机，即便是在招呼客人的时候，也不时看一下手机。

还有那个修鞋的师傅，会拉二胡，有时还会来个唱越剧的，两人配合，旁边会围上一圈人，热热闹闹的。可是现在呢，修鞋的生意太差了，他应该有更多的时间拉二胡，但事实上，他总是发现唱越剧的在刷手机。

……

如果你有心，观察一下这个世界，这个世界真的是太可怕了。所有人好像都感染了一种病。他们全都离不开手机了，不再有闲暇的时光。微信上的内容，朋友圈里的点赞，视频台里的直播，轻轻松松地占据了他们生活的全部。

一个书店，与它交集多年，许多书是在他那买的。有时路过，还是会去店里转转，他总是说："天底下没有这样难的生意了！"

他低着头，在刷手机。

我叹口气，走出书店。连书店的老板也不阅读了，在刷手机，那这书的生意又如何做呢？

# 诗意和创意

　　用废弃的物料，做个花瓶、扎只小鸟，或是拼出了一幅花鸟画……只要谁晒到朋友圈，我们都会点个赞。

　　有时候并不是因为他们做得好，而是尊重他们的创意。

　　创意很美，是真的很美，有时一个创意金点子，会兴奋地让人尖叫。那些个有创意的人，即便垂垂老矣，也会让人觉得生机勃勃，有创意者永远年轻。

　　那么，作为杭州人，就要感谢一位创意大师了。没有这位先生，杭州还是不是现在的杭州，杭州还会不会这样迷人，至少会大打折扣。

　　这个人就叫作苏东坡。

　　苏东坡是个诗人，他的诗意怎么就变成了创意呢？

　　苏东坡21岁时与弟弟苏辙因为同科中进士，名动京城。他两任杭州，原因都是因为文人的"满肚子不合时宜"，第一次到杭州，是他料理完父亲后事后在回京城路上，看到王安石变法过程中给百姓带来的不便，他上书皇帝，结果受到变法人士的排挤，从京城贬到杭州来了，任通判。

通判是一个什么官呢？是在州府的领导下，掌管粮运、家田、水利和诉讼等事项，还承担对州府长官的监察责任。相当于现在的"副市长"和"纪委书记"的混合体。

他第一次来杭州干了三件事：修治六井（杭州城内百姓取水所用，共有6口）、捕捉蝗虫、兴办学校。这个时候，苏东坡干的是实事，还看不出伟大的创意本领。

但第二次来，那就一路"石破天惊""源远流长"了。

苏东坡第二次来杭州的原因是让人大跌眼镜的，竟然是为当年迫害他的变法人士说话，说"变法并非一无是处"，结果又受到守旧派的排挤了，又贬到杭州来了。

他在杭州又干了三件事：组织救灾、设立病坊、治湖疏浚。

苏东坡在治理西湖疏浚过程中，一个伟大的创意的诞生了。

当时西湖堰塞过半，苏东坡认为："更二十年，无西湖矣。"他还说："使杭州而无西湖，如人去其眉目，岂复为人矣？"

苏东坡沿西湖进行了考察，丈量了湖上的淤泥田地，总共有25万丈，清理需要20万工。如果把这些泥清理出来，堆到岸上，不但费时费工，而且场地不够。

创意的火花迸发了！

苏东坡觉得西湖南北两边交通不便，从南走到北，需要绕行30余里，何不将挖出来的淤泥，在西湖里堆筑成一条面北长堤，这样既疏浚了湖床，解决了淤泥堆放问题，又省了工时还便利了交通，一举而三得？

更让人叫绝的是，南北长堤堆积完成后，东坡让工匠在上面建了六座桥，东坡还命人在堤上种了芙蓉、桃树和杨柳，花开时节，一眼看去，恰似浮在湖面上的彩云。

这就是杭州"西湖十景"中"苏堤春晓"的来由。我们不得不再强调一下：这享誉中外的胜景，是用淤泥堆起来的！

当我们大谈特谈"文化创意"的时候，说文创路径说案例的时候，到处找专家"如饥似渴"的时候，我想再也没有一千多年前苏东坡的这个"文化创意"让人拍案叫绝了。

拍案之余，又让感怀万千：有文化和没文化差别大，有创意和无创意差别更大。

南方某市同样是处理淤泥废土，但他们只是胡乱地堆在了居民区附近，他们没在"创意"啊，也漠视人命，结果造成了渣土滑坡，冲毁 33 幢房屋，造成 73 人死亡的惊天惨剧。

此案震动天下！

同样是渣土，同样是堆放，不同的"创意"出发，产生了截然不同的结果。

创意无限，创意改变的不仅仅是生活。如果中国有一部"文创史"，那么再也没有一位大师的眼界和成就，能超越苏东坡。

800 多年后，郁达夫来到杭州西湖，他写了这样一首诗：

楼外楼头雨似酥，淡妆西子比西湖。
江山也要文人捧，堤柳而今尚姓苏。


若要说中国文化创意的集大成者，瑰丽璀璨者，当推东坡居士第一无疑了！

# 活出一份植物性

　　花生是一种贪睡的植物。每当夕阳西下，叶子就会无精打采，微微、慢慢地合拢叶子，表示它要"睡觉"了。

　　合欢树也是，它的叶子由许许多多长长的小叶片组成，像把芭蕉扇，白天的时候，叶子是舒展开来的，迎风而舞。一旦夜色降临，小叶片就会一对一对地合在一起，好像对你说：我也要"睡觉"了，你别来打扰我。

　　还有睡莲。早晨太阳升起的时候，它会慢慢舒展开它娇艳的花蕾，显得十分精神，但随着太阳西移，暮色降临，它又会慢慢合上花瓣，显示出一种疲倦劳累的状态。

　　许多植物存在"睡眠"现象，它们秉承着亘古不变的生存规律，一张一弛，一睡一眠。

　　医治失眠症的医生，他们也会把这些故事讲给病患听，医生说植物都会睡眠，我们还有什么不可以做到的。

　　其实，人肯定活不过一棵树，植物没有情感，人有七情六欲；

植物可以春风吹又生，人呢，黄粱一梦后之后可能人非物是。就是这些纷杂世事，让人合不上眼，人心忧愁，睡不好觉。一个人，很难舍弃得了七情六欲，也害怕短短人生光阴如沙在指缝里流逝。

人要与植物比睡眠，哪比得过呢？人是彻底的失败者。

医治失眠的药方，药物只能缓解症状，真正药方是在我们每个人的心里。你能放弃多少，看破多少，你就能获得多少质量的睡眠。

我们羡慕婴儿的睡眠，并且把世界上最美好的睡眠称之为"婴儿睡"。其实，你也能做到的，但前提是，你要像婴儿一样活得简单。

有这样一个故事，一位痛苦的失眠者来到寺院，向禅师请教解脱之法。失眠者向禅师倾诉着自己的苦恼，禅师一直不插话，那人从早上一直谈到中午，禅师说："你饿了吧，该吃饭了。"

用罢中餐，失眠者继续请教解脱之法，禅师说："你渴了吧，该喝点水了。"到了晚上，失眠者仍然没有得到禅师的解答，而他已经疲倦了，禅师说："天晚了，你该睡了。"禅师说完，起身而去。

那人大惑不解，去问禅师，何以薄待自己？禅师意味深长地说："该吃当吃，该喝当喝，该睡当睡，无欲无求，乃是人生之大境啊。"

那人顿悟。

就在那天晚上，或是倾吐出了自己的苦恼，或是真正放下了，他拥有了一份久违的好睡眠。

这个利诱纷扰的红尘一直在挑战人们的利欲心，也一直在挑战的睡眠，而想拥有一份好睡眠，无非是让自己放下一些东西，活出一份植物性。

# 不同的世界

多年前，我有一辆旧桑塔纳，车子发动起来的时候，"轰轰"作响。那时小儿尚未成年，俨然把这车子当成了一个大玩具。

一日，带他去兜风，车子停在路边，不料飞来一辆电瓶车，"砰"一声，撞在了前轮上。倒了电瓶车，摔了女子，撒了橘子……女子先说对不起，说她刚才没看清楚前面有车。我下车看了前轮，轮眉瘪了，轮胎破了，损失不小。许多路人围上来看，叽叽喳喳，好生热闹。

小儿索性站在座椅上，半个身子探出车窗，饶有兴趣地看着，这火热的场面，他肯定见到的不多。

我让那女子赔点钱，女子死活不肯，有人报了警。一辆警车闪着灯呼啸而至，下来两个警察。

小孩子的视角很有趣，在他们心里，没有什么忧愁的事情。在孩子眼里，这不是一起交通事故，而像是一个游戏：一个马大哈阿姨，好像故意碰了车子，然后和爸爸热烈地讨论了一番，接着很多叔叔阿姨都过来参与这个游戏，最后连警察叔叔也来做游戏了……最后，警察叔叔还为这场游戏合了影。

丰子恺有不少写家庭琐事的随笔，其中有一篇写"逃难"的文章。当时丰子恺住在上海，军阀混战，战事不断。一日，丰子恺突然听到枪炮声，大家惊惶失措。丰子恺于是和邻居一起，扶老携幼出逃，大家叫了汽车，然后到了江边的，躲到了避难所里。这段"逃难"经历让丰子恺不堪回首，当年的惊慌、忧虑和奔波，会从噩梦中惊醒。

但有一天，丰子恺和小儿嬉闹，问小儿"最喜欢什么事"，小儿坦然而答："逃难。"丰子恺问，你知道什么是逃难？小儿说："逃难就是爸爸、妈妈、弟弟……还有娘姨一起，大家坐汽车的，去看大轮船。"

在孩子眼里，逃难竟然是十分有趣的事情，平时少有机会坐汽车，逃难的时候坐了，平时很少去江边看大轮船，逃难的时候看到了。那仿佛是一场全家人一起的出游，是人生中的一大快事。以至于这孩子逃难回家之后，经常拿着笔画汽车，画轮船，逃难留给他的不是恐惧，而是一次难忘的欢乐旅行。

童眼看世界，这大自然中的一切，全然没有利与害。车来车往，那是游戏；争争吵吵，那是游戏……人活于世，不妨学点孩子的童眼看世界，站在远处看看自己，看看别人，或许还真的会是另外一番光景。

生活有时真像一出戏，有时你要入戏，倾情出演；但有时也懂得出戏，抽身而退，站在远处，像个孩子一样，静静地看戏。

# 慢下来

杭州到上海，20多年前，乘火车需要4个小时。铁路提速后缩短为两个多小时。后来有了高铁，转瞬之间就将这两座城市的距离缩短到1个小时。

以前我在江苏镇江求学，需在上海中转，我总是带一本小说，4个小时时间，可以把一本十几万的中篇看完。但现在，杭州到上海，你想"慢"下来是不可能了。

"快"起来当然是要付出代价的，原先25元的票价，因为"快"，升到了60多元，后来又到70多元，如果是软座，更贵，这当然非常好理解，时间是最宝贵的东西，高铁为你节省了至少1个小时以上的时间，自然就贵了。

对于高铁票价，总有民工吐槽，觉得贵了，他们留恋以前的低票价时代。我觉得不是他们不需要快，而是他们没有足够的收入承担"快"的代价。难道他们不知道"朝发夕至"的快捷吗？难道他们不需要高铁动车车厢里的四季如春吗？只不过，当我们跑起来的时候，要看看后面有没有步履蹒跚的人。

杭州有路 514 路公交车，往返于郊区和杭州主城区之间，这么多年，这路公车一直提供给大家两种选择，很长一段时间，一种是五元票价的，一种是三元票价的。五元的那种车子是密闭的，全程空调，开得飞快；三元票价的那种车子，没有空调，可以打开窗子，开得慢悠悠，进入杭州后，穿行于交通拥堵的西湖景区之中。

两元的差价不大，但我总觉得两元背后有一种温暖的理念。如果没有这两元的差价，这将是没有选择的"被快"。

因为一个拿着低保，前往省城看病的人，他会在乎这两元的差价；一个零花钱不多的学生去省城读书，他也会在乎这两元的差价；一个挑着自产蔬果去城里叫卖的小贩，更会在乎这两元的差价……还有，一个有着闲情逸致，想打开车窗，吹吹风，看看风景的人，他也不需要快。

这个社会到处充斥了"快"，而忽视了"慢"。前些天，读丰子恺的小品文《车厢社会》。这篇文章是丰子恺先生从杭州乘火车前往上海的路途之中写下的，他把沿路停靠的列车的看作命运的沉顿，上上下下的旅客，看作是人生的聚欢离合……如果让丰子恺先生乘坐密闭的、中途不停靠，风驰电掣的列车，他还会有这样脍炙人口的小品文吗？

"快"的确给人们带来了感官上的享受，但是"快感"之后，人们很空虚。人们开始怀念和选择"慢"的生活，这不仅基于健康的考虑，更是基于灵魂的安顿和平静。

昆德拉是不少人经常提起的一位外国作家，他的《生命不能承受之轻》可以直抵一个人的心灵。他还有一本书叫《慢》同样精彩，《慢》中有段话让我感慨唏嘘：

慢的乐趣怎么失传了呢？啊，古时候闲荡的人到哪儿去啦？民歌小调中的游手好闲的英雄，这些漫游各地磨坊，在露天过夜的流浪汉，都到哪儿去啦？他们随着乡间小道、草原、林间空地和大自然一起消失了吗？

看了这段话，我在脑海中好像浮现出一个个电影的场景：掩映在树林中的咖啡馆和甜点店，无所事事的人、骑着马喝着酒的汉子、露天过夜的流浪汉，还有开满星星点点花朵的草地……

"快"和"慢"永远是相对的。有些东西不能快，有些东西必须慢。慢下来，有时也是一种生活态度，或是一种更接地气的民生理念。

# 诗歌是剂青春药

满头白发，满脸皱纹的帕克静静地走了。也许没有人知道帕克是谁，也没有人知道她曾经是世界最长寿的老人，同时还是一个现代诗歌的爱好者？

是不是可以称她是一个诗者？

在美国印第安纳州的一家看护院里，帕克的遗体被人抬走了，但帕克的床边仍然保留着几本发皱的诗集，没有人会把诗集和115岁这个创造吉尼斯世界纪录联系起来。因为，长寿，是一个太过于庞大和繁杂的学问，一个严谨的学问家，是不敢说诗歌可以延年益寿的。

但是，我们不是学问家，所以我们可以说，是诗歌，让帕克活得那么长，那么好。

帕克出生于1893年4月20日。此前，比帕克大4个月的日本长寿老人皆川米子去世后，帕克被公认为世界上最长寿的老人。帕克在丈夫1939年死于心脏病后一直寡居，100岁时搬到其中一个儿子家居住，她的两个儿子也已先她而去。帕克现有 5 个孙辈、13 个曾孙和 13 个玄孙。

吉尼斯世界纪录顾问、加州大学老年医学专家斯蒂芬·科尔斯一直在"追踪"研究帕克，想知道她为什么那么长寿。这位学问家与帕克接触了 10 多年，但最后没有得到一个确切的答案。直到帕克 110 岁的时候，科尔斯发现了帕克的一个奇怪的爱好——朗读诗歌。

科尔斯问她，你为什么喜欢诗歌？帕克说，她有时候会焦虑，这种情绪让她非常痛苦，但如果朗读诗歌，就可以马上让自己的心情平静下来。

科尔斯调出许多长寿者资料，想知道诗歌到底对长寿起到什么作用，仍然一无所获。后来，帕克 59 岁的孙子也觉得祖母的长寿太不可思议了，他也喜欢上了诗歌，但他并不知道诗歌会不会帮他延年益寿。

但我相信，诗歌会给人带来灵魂的安宁，会让浮躁的生命安息下来，在如水一样静谧中休养生息。因为诗歌是一种超越理性的和文字性表达，它更容易带领我们进入内心，引发我们尊重对深藏于人性里的敬畏之心，触动对灵魂的感应。

有过这样的经历，如果心情烦杂，不能自已，我就会在礼拜日走进教堂，坐在信徒们中间，听他们唱诗。当唱诗响起，再浮躁的灵魂也会平静下来。家中我也备有唱诗，我喜欢阅读它们，体会它们，那些文字，让人快乐、敬畏、安静、感动、友爱。

诗歌，是剂青春药。除了"长寿基因"之外，一个长寿者的秘诀，后天所能掌控的，就是让自己无拘无束，自由自在。

# 家常真味

住在城市，朝九晚五，在家用餐成了一件奢侈的事。但家真的是要有一点烟火味的。

于是特别盼望双休日的到来。

周五晚上，往往能睡一个好觉，家人们也全在家，而且精神都不错，这一天没有工作也没有应酬，整天的时间都属于自己，有足够充裕的时间去烹饪……

还是清晨，太阳刚刚升起不久，阳光还是斜的。我会骑一辆电动车，慢悠悠地前往菜场，如果孩子能与我同行，那是更好。家离菜场大致有十分钟路程，有一个气味相投而且健谈的孩子在身边，那十分钟会变得十分美妙。

清晨菜场里的空气是湿漉漉的，人气是热腾腾的，这里的一切都生机勃勃，我总是会这里感叹，生活多么普通，又是多么美好……清晨的蔬菜有足够的新鲜，菜贩们也有足够的自信，他们总是面对顾客赞美着摊上的刚刚采摘不久的青菜、花菜、芹菜……

他们是由衷的、发自肺腑的。

在这样的清晨，采购到足够新鲜的食材，真的是一件让人心情愉悦的事情。回到家，必须亲自动手清洗，不允许孩子、妻子来"染指"，因为我喜欢手指触摸新鲜食材发出的声音，有时一不小心洗折了菜秆，那清凉的汁水还会溅爆出来。你有没有发现，在烹饪、食用它们之前，如果你能美好地对待这一过程，一切都是美好的。

在饭店用餐，是没有这种乐趣的。大致就像爬山，有人是从从容容爬上去的，一路上欢声笑语，过程就是一种享受；而有人是乘着缆车上去的，直奔主题，忽略了美好的体验过程。

所有动物都需要饮食，但人类的饮食过程与其他动物完全不同。动物仅仅为了填饱肚子而饮食，而人类不完全是。对于饮食的态度，人类与其他动物最大的区别在于"分享"，人类在与亲人、朋友分享食物的过程中感受美妙的快乐。

杯盏往来的应酬，以酒多酒少来衡量诚意的饭局，一般人都是厌恶的，那已不是在享受和分享食物，而是在虐待那些大自然的馈赠，以及自己的身体，我总是在各种各样的应酬中保持一点沉默，又不至于让人觉得冷场。因为那些放浪形骸、唾沫横飞的场面，如果置身其中，自己会觉得不以为怪，但站在远处去观察，其实丑态百出。

在中世纪，法国贵族们沉迷于杯盏，宴会通宵达旦。但肠胃容量有限，延续不了饮食的快乐，他们就用鹅毛放进喉管催吐，肠胃清空后，继续他们的宴会。

这是多么无聊又无趣到极点的事情。

我所喜欢的饮食过程应该是这样的：

家人都要在场，不能缺少了谁，这样才会有愉快而充盈情感交流的谈话。

必须要有足够的时间，餐前和餐后都不要有人打扰。

饭菜不能太多，不需要美味佳肴，但质量必须上乘，最好是自己种的或是亲自采购来的。

餐厅里最好有家人喜欢的音乐，不能太响，但必须旋律优美。

饭后最好有茶，不能太浓，但必须是好茶……

事实上，这只是一个普通家庭最易做到的，简简单单，普普通通。只不过许多人没有去总结或是去回味罢了。

# 笑 对 生 死

　　在英国北爱尔兰，有位 65 岁的退休医生布雷登，早早地就买下了一块双人墓地，他原先的想法是与妻子百年之后长眠于此。不料想，他与妻子离异了。

　　于是，他在媒体上登了一则征求同葬者的广告，广告云：免费提供在天堂的住宿，空间宽敞，须有幽默感且保证不吸烟、不食蒜者同眠。

　　谁都认为这是一个笑话。岂料启示刊出后，有 23 位女性前来应征。其中 5 人还和他交往了很长一段时间。最后，医生选中了一位性情相投的女子并与她结了婚。

　　英国人的幽默感好像是天生的。对于死法，也可以开一个不大不小的玩笑。

　　记得看到过这样一段话。一个人如果能从容面对死亡，他就接近了神。这可能也就是我们所说的"出世"。一个人活着，很难谈到死，这是一种约定俗成的禁区。生是喜事，死就是它的反面，死意味着物质和精神世界的消失。

　　人类的"死"很难，也很张扬。但奇怪的是，动物界除了人类，它们都死得悄无声息。美国有一位生物学家齐易斯·托马斯就发现这个问题，他发现院子里的松鼠很多，天天在树上窜来窜去，但是每年却看不到一只死松鼠。通过观察，松鼠并不是长生不老，而是松鼠的死法和人类不同，它们都是独自静静地死去，不会被同类发现，更不会被人类轻易找到。

　　不仅仅是松鼠，还有野兔、蛇、鱼等等，我们很难发现它们的尸体，它们的死法真让人感到莫名其妙。有时真奇怪，对于这种现象，为什么少有人去发现并解释它。

　　人死时往往大悲大恸，如果是个名人，搞得满城风雨。有人说那是因为人是有感情的。但我却认为，除了感情之外，大悲恸的根源可能在于对死的恐惧，如果死对于人类来说，并不意味着消失，那么谁会为死悲哀呢？

　　动物往往会按照大自然的秉性来生活，包括如何选择死亡，但人类不同，因为人类自诩自己是大自然的主宰，包括怎样死亡。但在死亡面前，又是那么力不从心。古书上许多寻求长生不老的幻想，无论哪一个都是一场闹剧。于是，人类可以涉猎许多关于生活的种种话题，却没人能很轻松地涉足死亡的空间。因为，死亡太可怕了，太令人困惑了，一个人死了，那是大事，不仅是自己的事，还是大家的事。

　　死是一种自然轮回，动物能做到，人类却难以洒脱。这样的格局，将持续到久远。在大自然面前，人类不要轻信自己很伟大，至少是对待死亡的态度。

# 有人记得，便有传承

　　我在小区门口的理发店剃头，剃头师傅说他过了一个年，多了很多白头发，说是家里老人逼着他和爱人生二胎，想要个孙子，这让他十分烦恼。

　　剃头师傅是个 80 后，来自农村，已有个女儿。我说在农村，不少老人们总是想有个儿子，有个儿子才算有个"传承"。这话我脱口而出，现在想来非常不妥当，生儿生女一个样。

　　但剃头师傅的反应让人惊讶。他说人以后死了，什么都不知道了，还管什么"传承"，对我来说有意义吗?!

　　从小区回家的路上，我陷入沉思。

　　人从哪里来，又到哪里去，又要留下些什么，有多少人会去思考过这个问题？小区门口的剃头师傅也许从来没有思考过。

　　春节和儿子回老家过年。我带着他走过村子，村子的模样与我童年记忆当中的样子完全不一样了，我告诉儿子我小时候在哪里玩，我们的老宅子大致又在什么地方。几十年在外求学和工作，村里很多人已不认识我，他们就看着这一大一小两个陌生人在指指点点，不知是谁家客人。

穿过村子，我们来到了村后的山坡上——曾祖母的坟前。曾祖母去世时我还在读高中，算来已经近三十年了。年年除夕，我都会到曾祖母的坟头站一会，与她说说话。

在六个玄孙中，曾祖母对我期待最大，待我最好。当时生活艰苦，但曾祖母只要有好吃的，都会省下来留给我吃；小辈给她的零花钱，她就偷偷地塞给我，而我拿着这些钱去买书，成了全村藏书最多的人。

小时候我问过曾祖母，为什么对我这么好？曾祖母说，对你好，以后我走了，这世上就还会有人记得我。

我一直记得这句话。

去年冬天，我在电影院看《寻梦球游记》，里面有一句经典的台词：当你在世界上再没有人想念你的时候，这才是真正的死亡。

我在电影院里泪流满面。

我不禁想起去世的曾祖母。我真的喜欢这样的电影，通过动画故事告诉大家亲人的重要性，死亡不是永别，遗忘才是。

有人记得你，你就没有消失，这便是"活"着，就会有传承。传承这个世界上的温情脉脉，还有所有的美好。

# 唐诗中的两只蝉

　　唐诗中有两首"咏蝉诗"特别有意思，描写了两只蝉，但从诗的意境来看，好像在相互掐架。

　　这两首诗是两个浙江人写的，一个家乡在有河姆渡遗址的余姚，一个家乡在有"小商品之都"称号的义乌，两个人都大名鼎鼎，一个叫虞世南，一个叫骆宾王。

　　骆宾王成名早，七岁那年就咏出了"鹅鹅鹅，曲项向天歌"这样网红级别的名诗。后来他还写了一篇帮助徐敬业讨伐武则天的檄文，更是名满天下，其中那句"一抔之土未干，六尺之孤何托"，武则天看了，拍案叫绝，她质问当朝宰相，这样的文章高手当年你不用那就是你的过错了。

　　骆宾王这两句话高明在哪里呢？先帝才死不久（一抔之土指皇帝的坟），年幼的皇子（六尺之孤）又有谁来辅助？檄文本来都是简单粗暴的，但骆宾王却写得这么动情，真的是一篇有情怀的好文案。

先来说说骆宾王这位义乌人的咏蝉诗："西陆蝉声唱，南冠客思深。不堪玄鬓影，来对白头吟。露重飞难进，风多响易沉。无人信高洁，谁为表予心？"

这诗写在徐敬业起兵前，骆宾王因为直言得罪了皇权，有人诬陷他犯了贪污罪，他被关进了牢房。诗就是在牢房里写的。这首诗的大致意思是，秋风中，自己就像那只秋天中的蝉，奋力飞行，却难以前进，因为露水打湿了蝉翼；蝉鸣声声，因为秋风瑟瑟，也没有多少人听到。

这真是一只悲摧的、无奈的和凄凄惨惨戚戚的蝉。

而另一位写蝉的诗就完全不一样了。诗云："垂缕饮清露，流响出疏桐。居高声自远，非是藉秋风。"

诗作者叫虞世南，他生性沉静寡欲，从小意志坚定，努力学习，和骆宾王一样，是一个优秀的好青年。但从两人资质来看，骆宾王要胜过虞世南，人家七岁能作诗，而虞世南更多靠的是苦学，曾有记载，虞世南博闻强记，非常勤奋努力，经常十几天不洗脸不梳头。后来做了大官，也深得太宗李世民的信任。虞世南去世时，太宗闻讯后为他在别次举哀，痛哭悲伤，下手诏给魏王李泰说：虞世南于我，犹一体也。拾遗补阙，无日暂忘，实为当代名臣，人伦准的。

这个评价是相当高的。

再来看虞世南这首咏蝉诗，同样都是在秋天，同样有雨露，也都写到了秋风，却是"居高声自远，非是藉秋风"，写的是这只蝉栖居在梧桐树上，饮的是清露，露水也没有打湿它的羽翼，鸣叫声传得很远很远，并不是借了秋风。

这不就是虞世南当时的境遇嘛！深受皇帝宠信，自己的学识也得到了赏识。他就是那只蝉，声音传得很远，不是因为秋风，而是因为站在高处啊。

这与骆宾王眼中的诗，就像一场辩论赛中的正方和反方。

一千多年过去了，再来读这两首唐诗，真的让人感慨万千。虞世南的自得和怡然，骆宾王的凄惨和落寞，都在这两首诗中了，两个人面容仿佛就在眼前栩栩如生，悲喜之间，真的让人千年一叹。

帮助徐敬业讨武的骆宾王，后来兵败下落不明，有人说他和徐敬业一起被杀，也有人说他到杭州遁入空门。十几年后，诗人宋之问游杭州灵隐寺时，碰到一个老和尚，与他续了两联妙句："楼观沧海日，门对浙江潮"，据说这老僧就是骆宾王。

杭州确有这个说法，但这更多的是对骆宾王这位悲剧式的诗人的一种美好假设。

要说诗意，骆宾王这首蝉诗已然超过了虞世南，但这只是我的一家之言。如果是你，你更喜欢哪一首呢？

# 把苦难放在远处

坐式排球，一种在截肢者中进行的体育比赛。只要看过一次，也许终生难忘了。

场地并不大，网栏也不高。比赛进行的时候，气氛是沉闷的，场内运动员表现的好坏，并不是比赛中最重要的，重要的是他们能够坐在场内，众目睽睽之下，以仅存的上肢进行一场运动。

把苦难放在远处，我们可以看到诗意。如果把坐式排球放在远处，我们似乎也可以看到诗意。但现在，当一些失去下肢的人，给四肢健康的人表演时，让人感受的是只能是疼痛。

我也喜欢把苦难放在远处，包括我自己。许多时候，我无法承受发生在自己身上的痛苦。当过境迁之后，我又会讴歌又会体悟。所以，在人生当中所遇到的残疾人和以及那些生活中遭受苦难的人，还是远远观望，少去打扰。

有一个幼年失去上肢的人，他能挑百斤重担上山，即使一个健康的人也无法在山路上保持担子平衡，但是他能。多年前的一个起雾的早晨，在山路上，我遇到了他。我抱着刚刚满一岁的外甥，姐则远远地跟在后面。他正挑着担，从我的身边超过。我在他的背后赞叹他："你真能干！"

他长叹了一口气，不声响。担子很快消失在山路上。

走到半山腰，我远远地见他在石墩上歇脚，有一种声音隐隐约约地传来，初听，似婴儿的呻吟，再听，又像夜晚中猫的悲鸣。

他在哭，一个人坐在空旷无人的山路上在哭。

我当时还是不能以悲悯的目光去看待他的哭泣，我认为他的哭泣类同于一个老人的迎风流泪，譬如我的曾祖母，在世时，她会在某一个时刻无缘无故地掉泪。

但现在，我坐在充满城市喧嚣声声入耳的书房里，想起这个失去上肢的年轻人，我的心一阵阵开始抽搐。

这个世界最伟大的艺术是悲剧，只有悲剧才能在时光的长河中走得更远。但他们的大美只能游离于欣赏者之外，我们根本无法走近。当悲剧可以触手可及，我们才明白，诗意是痛苦中开出的花。

# 梅雨知江南

江南下起了梅雨。

江里的水是满的,湖里的水是满的,池里的水也是满的……连家里地板、被子、衣衫也是湿漉漉的。

我的一位诗人老乡罗隐写下了一首诗:"从此客程君不见,麦秋梅雨遍江东。"这首诗的意思是,我的朋友去很远的地方从此无法相见了,麦子成熟的季节无尽的梅雨遍布整个江东。

罗隐是晚唐诗人,这首诗写出了梅雨的愁、梅雨的季节和梅雨的区域。

江东一般是指现在的江浙淮一带,到了梅雨季节,便会出现持续较长的阴沉多雨天气,加之气温升高,空气中的湿度也高,是江南人一年之中最难熬的季节。

记得当年高考迎考,正逢梅雨季节。我们的教室是平房,非常潮湿,书本、试卷被水分滋润了,变得软耷耷的,写字时墨水会洇开来。宿舍里的被子几乎可以挤出水来,那时也不注意卫生,被子上长出黑黑的霉斑。但复习时间紧迫，也不会去清洗。李时珍在其《本草纲目》就这样写道："梅雨或作霉雨，言其沾衣及物，皆出黑霉也。"在李时珍的眼中，衣物沾染上这场雨会生出"黑霉"，故而"霉雨"。明朝文献《五杂俎·天部一》对梅雨的害处记载非常翔实："江南每岁三、四月，苦霪雨不止，百物霉腐，俗谓之梅雨，盖当梅子青黄时也。自徐淮而北则春夏常旱，至六七月之交，愁霖雨不止，物始霉焉。"

这些注解，非常符合我对梅雨的认知。现在每每想起几十年前的那一幕幕，真的让人感而慨之。

也是从高中时代开始，我患上了"梅雨综合征"，折磨了我二十多年，这个病患是我自己冠名的，医学上绝无这种说法。每到梅雨季节，我的肠胃就会不舒服，胃部硬硬的，觉得有块石头放在里面，精神状态也会萎靡起来，浑身上下不通透。后来去看了中医，中医认为这个病是两方面因素造成的，一是精神方面，属应激反应范畴，让我在梅雨时节调理作息和情绪；二是饮食方面，需进食一些清淡开胃的食物，不宜食用辛辣和酒类。

按中医的建议近年来我终于可以安全度过梅雨期。我切身的感受便是，调理心态真的重要。江南人不可能逃离梅雨，如果有一种好心态，索性去欣赏梅雨，拥抱梅雨，从梅雨天气中找些乐子，多点情趣，就会带来截然不同的心灵体验，这种美好的心情对身体当然大有裨益。

古人描写的梅雨，都是美好的，有韵味绵长的诗意。在霪雨霏霏之中，找点空闲，泡杯绿茶，读些诗书，蛮有一番情趣。

辛弃疾"谩道不如归去住，梅雨，石榴花又是离魂"，这首词写得有些哀伤。晏几道"梅雨细，晓风微，倚楼人听欲沾衣"，苏东坡在《跋王进叔所藏画五首徐熙杏花》曾题下"却因梅雨丹青暗，洗出徐熙落墨花"，这首诗让人拍案叫绝，虽然眼前的字画因为受梅雨影响而黯淡下来，却反而得到了徐熙"落墨花"的风格，这不就是苏东坡人生的生动写照吗？

古人诗词的美好就在这里，字字句句，说是在写景，事实上是在写情，情景变幻之间，藕断丝连，若即又若离，韵味如饴。

如果细细品味，闭闭眼睛，听着窗外淅淅沥沥的雨声，便会幻化出一个绵长、惆怅的烟雨江南。

# 从孤独中醒来

人有七情六欲，如影相随。孤独、开心、烦恼、难过、痛苦、悲伤、不舍、绝望、希望……这就是火热的但又真实得有些残酷的生活。

我刚在朋友圈里看到一句话，一位名叫索尔·雷特的美国摄影大师说："The secret of happiness is for nothing to happen."中文意思是"幸福的秘密在于不会发生任何事情"。

这真的是一个美好的乌托邦。一个人的成长，怎么可能不会发任何事情呢？

譬如孤独，它是我们肉身的孪生，一直存在的。薛之谦有首《醒来》的歌："我莫名又来了孤独感，可城市分明人山车海。"孤独感无处不在，你越是念念不忘，越是召之即来，关键是如何安放它的存在。你把孤独安放好了，也就走出了自己的"围城"。

最近有一部非常火爆的电视剧《隐秘的角落》，主人公叫朱朝阳，学习成绩优异，年年考第一。但朱朝阳的母亲时时处处管着他，经常让朱朝阳产生窒息感，这个角色也给我们带来窒息感，因为她太真实了，因为这样的人，生活中到处都是，她就在我们身边，有时是你的阿姨、姑姑或是就是自己妈妈。她们看中的是学习成绩，而根本不会关照我们的内心。当老师说朱朝阳在学校里不合群，也没什么朋友时，朱朝阳的母亲却反驳老师："学生在学校里不就是为了学习成绩吗？"

有人说，幸运的人，一生被童年治愈；不幸的人，一生都在治愈童年。前半句话，如能得之，为之庆幸。后半句话，千万不能让它发生。

而阻止它发生的，只能是勇气。

人是群居动物，没有一个人可以孤立自己，自成一体。社会分工越来越细，也越来越需要人与人之间的协作，把孤独感静静地安放好，千万不要被它吞噬了走出自己的勇气。勇敢地与人分享、与人合作，剧中不合群的朱朝阳不就是在与同学严良以及普普的勇敢交往中，一起经历时事，最后走向了新生吗？

人天生就有社交恐惧。譬如婴儿，因为每天只与亲人在一起，当婴儿看到陌生人时，就会害怕，就会躲起来，甚至哭泣。而治愈婴儿害怕陌生人的方法就是走出家门，与其他小朋友一起玩耍，离开家庭到幼儿园里与同龄段的孩子一起学习和游戏。在学习和交往中，婴儿知道了自己愿意与人做朋友，别人也愿意与你做朋友，他就在集体中找到了自己定位和角色，知道以后怎么做才会受欢迎，这些经历会让他一点一点地成长。

你看，"训练"是多么重要。

美国大学心理学研究人员在阿根廷进行了一项关于"陌生人"

的研究。在街头对一部分陌生人给以微笑并作出眼神接触，而对另一部分人刻意忽视。随后，上前询问被忽视或被关注的人的感受。结果看到接受了微笑示意的陌生人表示获得了关注感，而被忽略的人明显感到沮丧。这个实验的有趣之处在于，进一步证实了人类社会关系的强大力量，也证实了交际的本质。只要你真诚付出，即便是一个陌生人，也有可能与你互动，成为朋友。

重视别人其实就是重视自己，当你用诚挚的心灵，试着与对方交流，让对方感到温暖和愉悦，在精神上得到充实和满足，那么你的人际圈子就会越来越大。

人生最大的敌人其实就是自己，去做你真正恐惧的事，只要你相信，你能做成任何事。与它对抗，你会发现，它也没你想得那么强大，不过如此而已。

# 疲劳感

小区里停着一辆车，前保险杠是裂开的，右前门是凹陷的，一块后视镜是碎的，车身满是划痕，还有一个后胎似乎在漏气……看这车型并不旧，该是五年前才上市的车子。

那天遇上车主，是个中年人，正在换车胎，后备厢开着，那只准备换上去的备胎还是崭新的。但他总是套不进，于是我走过去帮他，顺便为他感叹了一句："你这车子要是花个几千元整修一下，像辆新车。"

中年人自我解嘲：就是一个代步车，懒得去管它。三年前刚买来那阵，天天洗，像伺候孩子似的……

想起来也是如此。我刚买新车那阵，车身锃亮，让人赏心悦目，不允许车身积上灰尘。那时几乎天天洗，洗一次，车身上就会多几条细微的划痕，于是自己买了磨砂蜡，慢慢地修复掉。可是现在呢，满车身都是细细的划痕，我既没了那份专注，也懒得去修复了。

人一旦对某种东西产生疲劳和迟钝，就会漠视和失去新鲜感。相信很多人都有过类似的感受，譬如刚搬新居的时候，窗明几净，如果不养成好习惯去整理，几年后家里就像学生时代的宿舍楼，而你早已习惯了，早已忘记了入住新居时的那种美好。"习惯"是一种可怕的力量，因为习惯了去一家餐馆吃饭，你就会经常去那里用餐；因为习惯了去某一家超市购物，就会经常去那里购物；因为习惯了某个品牌的衣服，就会经常去买这个品牌的衣服……对美好事物的关注感和新鲜感的失去，也许是从形成依赖，最后慢慢变成习惯开始的。我们的生活本处处是充满了美，也许我们只要付出举手之劳，就可以让它变得更美，但我们已经失去了一双发现美的眼睛。

　　我平时代步的还有辆电动自行车，骑了多年，塑料配件好像散架了，骑起来很响，也懒得去修。前几天电池坏了，拖到了小区门口的修车铺。我逛了一圈回来取车，师傅把一辆车推到我面前，车身上的灰尘洗尽了，一些配件更换了，真的像新车一样，真的让人惊喜不已。

　　师傅看着我，蛮有成就感。

　　生活就像我的那辆破旧电瓶车，它的"面目可憎"，它的无味无聊，是因为你丧失了新鲜感，习惯于接受现状，不愿意改变造成的。

　　去年环卫工人节，一家媒体为环卫工人策划了一场"换装秀"，平时穿着工装的阿姨们走进了影楼，化上了淡妆、穿上了时尚漂亮的衣服……光影艺术让她们的容颜和气质焕然一新，你根本不会想到这些被日晒雨淋的环卫女工还有这样美丽的一面。这种视觉前后对比冲击，让人感慨万千。

现在我们经常会提到一个词——"仪式感"。因为生活太容易陷入疲劳感甚至麻木，那么"仪式感"就是一种战胜它们的力量。"仪式感"所带来的庄重、敬畏或者铭记、庆祝等等仪式，是对平常日子的升华，更是对生活本身的升华，它让日子变得不同，让你知道，生活应该是这样的，而不能把它过得像复印机。

法国著名童话《小王子》中，有一段小王子与狐狸的对话，小王子问："什么是仪式感？"狐狸说："它就是使某一天与其他日子不同，使某一时刻与其他时刻不同。"

狐狸还建议小王子每天在相同的时间来，"如果你下午四点来，那么我从三点开始就开始感到幸福，时间越接近，我就越幸福。如果到了四点你还没来，我就会焦虑，这就是幸福的代价。但是，如果你随便什么时候来，我就不知道该在什么时候准备好我的心情……"

现在再来读这段对话，真的让人回味无穷。关于如何保持对生活的热爱、对美好的向往，狐狸的这段话，似乎替代了一切语言。

# 只要发光发热

在我的人生中，我绝不左顾右盼，而是遵循"利他"之心，一心一意沿着自己相信的道路，笔直前行，义无反顾。

——稻盛和夫

# "平台"是不是你的本事？

《乔家大院》里有个秀才叫孙茂才，曾经落魄为要饭的乞丐，是乔家收留了他，后来他成为乔家生意的中流砥柱，几乎就是乔家的"二当家"。

但孙茂才后来私欲膨胀，又被赶出了乔家，万般无奈之下，他投靠钱家。钱家东家对孙茂才说："不是你成就了乔家，而是乔家成就了你。"

这个桥段被人晒到了朋友圈，大意是"别把平台当本事"，引来点赞无数。这个桥段的意思再也明白不过，一个人能"呼风唤雨"是因为你处在这个平台之上，失去了这个平台，那你什么也不是了。乍一看，似有道理。但仔细思量，并非如此。

大家可以来看看孙茂才的发迹。

其实孙茂才并非等闲之辈，学识渊博，见解犀利，只不过怀才不遇。当时乔家生意面临崩盘，而且墙倒众人推，孙茂才明明知道乔家危在旦夕，但仍然主动登门投靠，向乔家提出翻盘计划，让乔家展开了自救并且最后终于转危为安。

可见孙茂才是有才能的，不然乔家在风雨飘摇之际，也不会收留一个酒囊饭袋。在乔家"少当家"乔致庸艰难重振家业过程中，孙茂才与乔致庸患难与共、下江南、赴蒙古、直言忠告、出谋划策，在乔家成功振兴家业过程中功不可没，是乔家的一个智囊。

事物总有两面性，从一方面来说，是乔家给了孙茂才一个施展才华的舞台，如果从这个意义上说，是乔家成就了孙茂才。但从另一方面来说，如果当年乔家没有孙茂才，家业能否中兴，照剧中情节来看，那就悬了，从这个意义上说，却是孙茂才成就了乔家。

孙茂才这个角色为什么招人嫌？其实他的命门是品德问题，居功自傲，唯利是图，胃口太大，忘乎所以，与我们的传统文化格格不入。因为在中国的文化中，"义"永远是第一位的，"利"永远是第二位的，一个人不谈"义"，只谈"利"肯定是要被人唾弃的。

但这个评判标准是社会没有充分经济化的时代里的"标准"，当时代的巨轮进入充分的市场经济时代，大家都普遍认同用市场手段来配置所有资源的时候，只谈"义"不谈"利"不是好事，肯定也办不好事。

市场手段可以解决许多让人头痛的事情。你有更有前景的平台，就会集聚更多的人才；你开出更高的年薪，人才就会跳槽投奔你而来……如果人才离你而去，要么你的平台出现了问题，要么你的薪酬出了问题。这个社会就是通过"市场配置资源"的手段，不断推动社会进步。

孙茂才对乔家展露了自己的私欲，放在等级森严的传统文化秩序中，那是一种挑战"权威"的行为，必然是被人不齿的。你想，一个被人收留的穷秀才，竟然要吞吃东家，这不就是"白眼狼"吗？

但如果放到市场经济的场景中，孙茂才的需求却是合理的，一个人为公司作出了巨大的贡献，他提出需要"期权"，需要更好的职位，何错之有呢？如果一家公司，对有贡献的人，满足不了他们合理的经济需求，那么他们必然离你而去，这是大家现在普遍认同的一条原则，是上升不到道德层面的。

再来说"平台是不是本事"。答案显而易见，平台就是本事。一个能进入大平台工作，自然有他优秀的一面。如果他在大平台担任要职，即便他失去了平台，他的身上也会有工作历练，也会积累大量的社会资源。十几年前或者更长的一点时间，你也许会发现，你身边的那些企业家，无一不是从"大平台"脱离出来创业的，有的来自政府机关，有的来自企业，他们往往是在"平台"之上积累了人脉或是金钱之后，脱离出来单干的。

一个好的平台能成就一个人，一个坏的平台就会埋没一个人。"把平台当本事"是一种傲骄，但并非没有道理，很多时候，"平台"还真是一个人的本事。

# 想象成功

造像锻炼法是应用于体育运动，发挥自己潜能的一种方法。美国举重运动员查尔斯·加菲德在这一方面的研究颇有造诣。

他之所以会采用这种方法，是从会议上偶然得到了一份资料开始的。那份资料刊载了一则如何从心理上激发运动员提高竞技水平的办法。于是，他决定试验这种办法的可靠性。

他先是按照以前的方法进行举重，他的最好成绩是 132 公斤。然后按照资料上的办法进行了想象，设想自己能举起 135 公斤的重物，这是自己历年来最好的成绩。

他让自己完全进入一种设想成功的状态中，结果他十分轻松地把 135 公斤的重物举起来了。

这让他大吃一惊，因为，按照惯例，这样的重量，必须是在体能、精神状态最好的情况下才能完成。

他与撰写这篇文章的专家取得联系，专家告诉加菲德，如果他坚持按照这套办法进行训练，也许还可以举起更大的重量。

后来，加菲德一次一次地进行试验。在专家的指导下，他设想自己已在奥运会上得到了金牌，体育场内欢声雷动，他完全进入了一种极其兴奋的状态……这一次，他举起了165公斤的重量，远远超出了他的历史最高纪录。

这套办法后来被称为心中造像锻炼法，广泛应用于体育运动训练中。

这就是心境的魔力。一个人拥有什么样的心境，是十分重要的。在人生的旅途中，失败多于成功，苦恼多于快乐，很多人总会在困难、挫折面前倦怠了精神，消磨了意志。那么，何不换一种思维，设想自己成功，然后以成功者的心态去面对眼前的工作和困难，那不是就会有另外一番心境了。

二战期间，有位名叫维克多·弗兰克的德国精神病博士曾经成功地利用这样的思维，保全了自己。当年他被关押在纳粹集中营中，这里充满了屠杀和血腥，集中营里几乎每天都有人死亡，许多因为恐怖而精神失常。

弗兰克也生活在巨大的恐惧中，他知道如果自己不控制好自己的精神，他也难以逃脱精神失常的厄运。有一次，弗兰克随着长长的队伍到集中营的工地上去劳动。一路上，他产生一种幻觉，晚上能不能活着回来？是否能吃上晚餐？他的鞋带断了，能不能找到一根新的？这些幻觉让他感到厌倦和不安。于是，他强迫自己不再想那些倒霉的事，而是刻意幻想自己已经自由了，走出纳粹集中营，现在是到另一个地方参加演讲，然后他在一间宽敞明亮的教室中，精神饱满地站在台上，下面是脸色和善而亲切的人们……

他的心境突然释然了。弗兰克强迫自己想象美好的东西，多年后，他不仅没有在集中营中老去，当他从集中营中释放出来时，弗兰克没有被击垮，仍然是一个具有阳光心态的人。

从某种意义上说，人不是活在物质里，而是活在自己的精神里。对于一个生命而言，要存活下来，只要一箪食，一钵水足矣。但要生活下去，要活得精彩，就需要有宽广的心胸、百折不挠的意志和化解痛苦的智慧。如果精神垮了，没有人救得了你，更奢谈什么成功了。

# 一万个概念不如一个行动

互联网＋、大数据、云计算、工业4.0、第三次工业革命等等，过去几年我们创造出来的概念，超过了以往任何一个时代的总和。

我们已经生活在了一个概念横飞的年代，每一家企业都被人为地按上了各种概念的标签，你是属于传统企业，还是互联网企业，你是属于初创型企业，还是成长期企业……这样不断迭代的概念，其实大家都莫衷一是，增加了大家心中的不安。许多老板或是被生疏的概念刺激了，他们打"飞的"到处学习取经，希望自己能照"概念"中所讲的那样，站在起飞的"风口"，但最后效果如何只要天知道了。

其实，这个世界上根本不缺少概念，也不缺少停留在口舌之间的创新，而是缺少对创新的一线执行力。十多年前，我时常往返于杭州与上海之间。在沿未改造的火车上海南站的天桥上，携程网的"地推"人员向我介绍网站如何使用，他们不厌其烦，即便被人斥责，仍然孜孜不倦。这样的"地推"人员还出现在火车候车厅里，机场候机大厅里……他们就用这样野蛮的推广方式，把一个旅游网站慢慢养育起来，这十多年，我看着她一步步在长大，真的让人感慨万千。而这样的"执行"的压力又有多少人能承受呢？

美团外卖现在非常火爆，但许多人都不知道，在全国推广前，他们在北京发了4个月的传单，然后通过传单的反馈数据，建立了数据模型。这样的活，创业精英们能俯下身来去做吗？是不是觉得掉身价了呢？

创新不仅仅只是嘴巴里的一个概念，而是一个信仰。如果你有了信仰，就可以承受更大的压力、劳动甚至苦难。

现在我会用"滴滴出行"打车软件，每用一次，就要感叹一次，这真是一个了不起的软件。它完全改变了人们的出行方式，给亿万人们带来了方便，即便滴滴车主被执法部门以"非法营运"查处，仍然不能掩盖"滴滴出行"的革命性和创造性。

但说实话，这样的打车模式并非不是一个了不起的创新，这样的软件设计也不是什么高精尖，但要让近亿人使用这种软件，那就需要强大的执行力，要冒巨大的推广风险、资本风险，但又有多少人敢于冒这样的风险?!

创新最可怕的是停留在口中的创新，坐而论道，那就百无一用。对于创新而言，往往是一万个概念，还不如一个行动。

# 人前不可有霉相

　　我家祖上是当地大户人家，生意通达，在上海也有生意。后家道中落，到了父亲这一代，浮华被时代激流悉数带走，只余一间房、几个人。

　　小时候不知家族历史，更兼那个言多招祸的时代，也无人对我说起。有时候看看老屋里的精美雕窗、光滑的青石地面，觉得自己的家族与他人不一样。不一样的还有曾祖母，村里其他的老太太总是衣冠不整，头发凌乱，喋喋不休；但是我的曾祖母，衣裳总是清清爽爽的，头发总是梳得齐齐的，神态总是静静的，说话的时候，总是慢条斯理，不急也不躁。

　　曾祖母与婶子关系一度不融洽，曾祖母从不与她争论，总是看到婶子恶语相向，而曾祖母脸色平静，总是说："声音轻点，让别人听到多不好。"

　　曾祖母非常好"面子"，每有亲戚来访，她从不说婶子的坏处。有时候我在她身边玩耍，她与亲戚聊天，就听到她在夸奖我婶子如何勤劳，孙子们如何孝顺。

其实，曾祖母的日子非常苦。当时全家人一日三餐都成问题，早晚两餐只能喝粥，到了下半年，得用红薯充饥。我那时尚小，不知愁滋味，而曾祖母已是八十多岁的老人，怎能不愁。我经常看到村里的一些老人，因为吃不饱饭、日子太苦，脸上皆为悲苦之色。有时好好地与人聊天，聊着聊着就会恸哭起来。但我的曾祖母八十多了，精精干干的，从来没看到她哭过，也从来不会向别人兜售苦难。

前段时间翻家谱，发现里面有几句家训：人前不露怯，远足不露财，内外当整洁，自奉须俭约……总觉得曾祖母就有这样的遗风，秉持了祖上的训条，日子再苦，命运再舛，也避免以悲苦之色示人。我想这既是一个从商世家的教条，也是一种人生训条。

教育家张伯苓有句名言："强国必先强种，强种必先强身。"张伯苓是一个主张内外兼修的教育家。譬如认为人难以避免霉运，但脸上不可有霉相。越有霉运，越要面净发净，不可萎缩，不可显在脸上，这样霉运也会过去。他为南开中学的题词为：面必净，发必理，衣必整，钮必结；头容正，肩容平，胸容宽，背容直。

总觉得曾祖母与这样的教育大家所持理念相通。可叹的是，我是人近四十才想起曾祖母当年的从容和坚强，而在此前跌宕起伏的人生之中，我露过太多的怯，诉过太多的苦，兜售过太多的难。我终于发现，自己所做的一切没有给我带来好运，反倒或许给人留下了愤懑、晦涩的印象。

其实人生之事不如意者十有八九，人人如此，不必以一副落魄脸示人，何不换以清新、明朗的形象，反倒更让人信任，更能得到成长的机会。

# 没有懒惰的地

春天里，在露台上置了一长排花盆，断断续续拎了一些土。种了五株茄子，两株辣椒，四株番茄，还有三株黄瓜。

没指望它们瓜果满枝。但是没有想到啊，今年雨水多，它们个个努力，个个争先。立夏后，番茄红、黄瓜黄、茄子紫……大获丰收。

一早起床第一件事，就是伸着懒腰上露台。微风儿吹吹，瓜果儿看看，这株给它们整整枝条，那株给它们浇浇水，就像当年养孩子似的。

当然，口舌最为享受了。不知是不是自己栽种的缘故，这些瓜果特别好吃。白米饭，素油菜，滋味长。

邻居也有一个露台，有时他也往我这边张望，看到红灿灿的番茄挂满枝头，会说："这么会长啊！"

入夏后的一场雷雨后，房里有了一个水渍，怕是楼顶防水层裂开了，上楼查看，果然如此。

来了一个堵漏工，我猜他五十多岁。

他一边干活，一边夸奖我的露台菜园。有一句话特别有哲理："只有懒惰的人，没有懒惰的地。"

是啊，不过就是置了一些花盆，不过就是拎了一些土，不过就是购了一些菜苗，没想到有这样的收获。

堵漏工堵好了漏，汗涔涔地下来。我递给他矿泉水，他"咕咚咚"一口气喝掉了半瓶。

我试问他年纪，他说："今年我七十了！"

我吓一跳。

堵漏工说："我真七十了，是有很多人不信的。"

堵漏工坐在露台阴凉处和我聊天，说他干这一行二十多年了，准备不干了。今年他在城里买了一套房，一百二十多个平方。他补充："给儿子买的。"

他喝完了那瓶矿泉水，说要走了。我再细看他的皮肤，他真的是一个老人了，是我看走眼了。

他走后，我就一直记得他的那句"只有懒惰的人，没有懒惰的地"，越想越有哲理。

# 选择热爱

1963 年，肯尼迪总统在达拉斯被人射中，当时总统车队里搭乘有两位记者，一位是合众社的梅里曼·史密斯，一位是美联社的杰克·贝尔。

就在上车之前，史密斯和贝乐还相互打了招呼，并满脸笑容地友好的握了握手，一起坐进了同一辆车子。两人在路上谈笑风生。

就在子弹击中肯尼迪的身体的一刻，史密斯猛地在车内蹿起来，抓过车中唯一的车载电话，拨通了合众社的电话，向新闻社口头报道了总统遇刺的消息。

贝尔见状，企图抢夺他的电话，想把总统遇刺的消息传到美联社，但史密斯拿着电话不肯放手。

贝尔情急之下，不禁动起粗来，用拳头击打着史密斯，但史密斯始终拿着话筒，口诉着报道，不肯放弃。最终史密斯被贝尔打得鼻青脸肿。

史密斯成为报道肯尼迪遇刺的第一人，合众社在这次事件中的影响也逐渐扩大。

事后有人采访史密斯，对贝尔袭击他有何看法。史密斯说："直到报道结束，我才发觉贝尔想抢我的电话。如果是贝尔先拿到电话，也许我也会这样做的。"

于是，我理解了记者的"疯狂"。如果一名记者在遇到突发事件中，没有这种职业热情，反而觉得是不可思议的。

几年前，一位进入阿富汗战地采访的法国女记者被杀害，在报上看到她清纯美丽的照片时，真的很难想象一个弱女子如何敢进入仇视西方的塔利班控制区，也许只有"热爱"两个字可以解释。

凤凰卫视副台长赵群力，这位中国航拍第一人每一次起启动它的"小蜜蜂"飞机前，都会和亲人通一次电话，然后告诉工作人员规定时间如果不回来的应急措施，他知道自己有生命危险，但他却架着那架"小蜜蜂"无数次地起飞后，最后他永远留在了温州楠溪江的碧水之中。当飞机起风后，他的生命已不属于自己，他的全部只属于摄像镜头，然后靠近些再靠近些，近乎疯狂地进行超低空俯拍。

所有的工作，可以有多种选择，可以是为了养家糊口，也可以是为了打发无聊，但一个人一旦走上了记者的道路，只能选择热爱。稍稍的倦怠便是放弃和平庸，宣判你的除了编辑，还有读者和观众。

支撑一位新闻记者的勇敢甚至"疯狂"的，除了热爱，除了对这份职业的忠诚，真的没有更好的仰仗了。

# 人生的起点

　　有个姑娘，曾在上海的一家科研单位实习了三个月。科研所里有一位女图书管理员，上海本地人，和眉善目的。这位上海阿姨见这小姑娘人生地不熟的，又没地方住，就主动帮助在自己居住的巷子里找了一间出租房，房租只要每月900元。

　　自从搬进这出租房后，她就发现一个奇怪情况，每当她下班回来，巷子里总会出现一个穿着小西装的男人，总是朝她上下打量。但如果她目光直视他，那个男人会马上低下头，不敢与她对视。后来小姑娘发现，这个男人是个瘸子，走路的时候，刻意地装作正常。

　　在那胡同里，住了大半个月后，图书管理员阿姨邀请她去做客。饭菜很丰盛，就在饭桌上，管理员阿姨道出了实情：这巷子里的出租房就是那穿小西装男人的，他一生下来，腿就有毛病，现在三十三岁，他在酒店工作，收入也不错……

　　小姑娘恍然大悟。原来管理员阿姨为她租房，邀她进餐，都是为这个男人做媒。但饭桌上的那席话，可把小姑娘吓坏了，她才二十三岁，人生才刚刚起步，就要让她嫁给一个居住在上海老巷子里，看上去温文恭顺的残疾男，她实在不能接受，饭吃了一半，就找了一个借口"逃"也似的走了，第二天就搬出了那间出租房。

这让管理员阿姨很生气，后来她在科研所里对同事说："这小姑娘真不识好歹，他是有上海户口的……而她呢，农村来的，嫁了他，不是乐惠了!"

这是一个真实的故事。

每次想起这个故事，我就会陷入沉思，思考一个关于"人生起点"的问题。

每个人的"人生起点"是不同的。有的人一生下来，发现自己是在山脚，爬到山顶，可能就要花上一辈子;有的人生下来，却发现已经站在山顶，风光无限。

譬如我，七岁那年从一百余里外的农村第一次到杭州，我几乎被杭州城里的一切"击倒"了:杭州的书店是三层楼的，到处是书，而我老家是没有书店的;杭州的马路上来来往往全是车，而我老家的马路上，每天只有两班客车;杭州的商店里，琳琅满目堆满了各色商品，而我老家的供销社里，一年四季永远就是那几十件商品……

那时候我很自卑，只要杭州亲戚来家里，我连饭桌都不敢上，话也不敢说。

直到我考上学校，分配工作之后，我才猛然发现，自己与城里人终于同处于一个起点了。随着城市生活的积累，我又发现，自己多年的自卑也许是错的。

住在城市巷子里的平民，他们走向巷子外的大马路和高楼大厦的距离，与我从农村走向城市的距离事实上是一样的。我用十多年的刻苦学习和梦想支撑我走到了城里，而他们的十多年，还仍然守在巷子里。

这多像一场足球比赛。先进球的队伍，总是想着要防守，而丢了球的队伍，总是要进攻，因为处于劣势的队伍别无退路。

一个人的前半生是"进攻态势"的，还是"防守态势"的，必然带来完全不同的人生际遇。

再来说那位女实习生，她的老家在小山村，前几年车子都开不进。而我现在所知道的情况是，她先在宁波工作，后与姐姐一起在杭州创办了外贸公司，现在她已经有实力可以在看得到黄浦江风景的地方买上一套三居室。

如果图书管理员阿姨知道这个小姑娘的现在，是不是也会像我一样感慨万千呢？

# 人生的更新程序

　　因为口舌"上火"，去街边药店买"杭白菊"，进来一个戴着鸭舌帽的老头，问："买盒三株口服液。"年轻的店员面面相觑，不知这是何药。

　　我是知道这种药的。它始于 20 世纪 80 年代末，消失于 20 世纪 90 年末。在那个时代，无论大江南北，还是乡村城市，皆有"三株口服液"的广告。它是一种肠胃调理药，但让人非常震惊的是，走亲访友时，大家竟然把它作为礼物相赠。后来因为"三株口服液"喝死人事件，这家年销售达 80 亿元的企业几乎一夜间"轰然倒塌"，从此销声匿迹。

　　我在药店里给年轻的店员做了一个知识普及，她们真的太年轻了，"三株口服液"流行的时候，她们还是牙牙学语的年龄。

　　老头遗憾地走了，说要到其他药店看看。我说其他药店也没有的，他摇摇头，说怎么可能没有呢。后来进来一个年长的店员，看着走远的老头，说："他有轻微痴呆，总是要买三株口服液。"年轻的店员笑了，说："是的，是的!"

人与人之间在知识和信息结构上是存在断层的，"话不投机"是表现之一，但很少人会去关注背后的原因，而且总是把它归入"性情不相投"。其中，一个人有什么样的知识和信息结构，就有什么样的话语体系。而一个患有轻微老年痴呆症的老人，把这种断层非常鲜明地"表达"出来了，他的记忆还停留在二十年前，二十年对于一个人的知识信息结构来说，那就是一个断崖。

人大致就像一个手机操作系统，需要不断更新，才会有更强劲的性能，或者才能具备新功能。我几年前花了两千多元买过一个塞班系统的手机，前段时间作为备用机来使用，我发现它市场上大部分手机软件都运行不了，只能接听拨打电话。

如果这是一个人，那将是一件极其悲哀的事情。因为你即便想升级，这个世界也没有升级程序了。即使升了级，老旧手机也运行不了新程序。

我供职在一家媒体单位，当编辑的那些年，是一幢老楼，在老城区，办公室靠近大门，访客进来，总是会直接进入我的办公室。非常奇怪，这些上门的访客八九成是老年人，他们的"话语体系"几乎也是相同的，他们会不厌其烦告诉你一件几十年前他认为可以登报的新闻，他们还会准备相关的文字和图片。我给他们端上热茶，于是他们谈兴更浓，过道里同事来来往往经过，他们朝我看看，非常同情我的"遭遇"。

我没法跟老人们讲"新闻性"，讲了他们也不懂，我也不忍明确拒绝他们提供的资料根本不可能成为新闻，因为有些老人为了到报社来谈这件事，起了一个大早，有些还是从农村赶来的。我把他们作为自己的长辈和乡亲，我会从脑海中搜罗一些记忆，与他们的话语体系衔接起来。

生活在新世纪的人们，事实上已经进入了多维的空间，因为变化太快，人们之间变得越来越陌生。

几年前，英国伦敦的一位名叫奥里佛·卡里的研究员，对人类的未来进行了一个大胆的假设，他说十万年之后，由于社会贫富分化，人类将彻底进行两个截然不同的亚种：英俊聪明的高雅人和丑陋愚笨的野蛮人。

"高雅人"处于社会的顶层，受过良好的教育，他们聪明而富有创新力；"野蛮人"处于社会底层，他们不仅身材矮小，寿命也大大缩短。由于两个种族之间水火不相容，甚至还会爆发战争。

这只不过是一个假想。但在信息社会，一个脱离了信息，也就等于脱离了这个社会，最后也就失去了发展自己的资源。奥里佛的研究，有其现实的逻辑性。

前段时间，我给七十多岁的老爸配了一台电脑，还送给他一台ipad，他表现出了极高的兴趣，几次打电话来问，如何操作，现在他已经可以操作电脑播放越剧了。

我很高兴。

一个还能接受新鲜事物的老人，我就觉得他没有老去。今年他还换了一台智能手机，我回家的时候，他还演示给我看这手机是如何便捷，家里有许多通过"拼多多"网站买来的商品。

我更加高兴。

# 羁绊我们脚步的是什么

基因研究专家对全国一万个男性公民进行染色体检测，结果发现，中国人与非洲人的染色体十分接近，科学家们推断中国人起源于非洲。

他们又对东亚、东南亚、大洋洲等 88 个人群的染色体进行抽样调查，经过科学对比，也发现了同样的相似性。科学家们认为在数千年以前，其中有一部分非洲人从非洲东南部往北迁移到中国。

如果这个科学推论成立，那么不免让人疑惑，在没有交通工具的古代，他们是如何走完数万公里的路程，来到地球的东方的。他们到东方来是为了什么？是为了追寻一个梦么？

现代人无法理解这是一个渐进的过程，科学家也没有说明他们为什么要迁移。当现代人被户口、身份牢牢锁在土地上时，我们也很难理解一个处于蒙昧时代的人群为什么要离开故土，历经千辛万苦到达一个自己十分陌生的地方。

人是最难离开故土的动物之一，脚下的那片土地是好像一个人灵魂深处最为强大的磁石，不管他走到哪里，他总会念念不忘，这是一种朴素的也让许多诗人歌之颂之的情感。但它同样也羁绊了人们的脚步，把人们的思想和观念也掩埋起来。

我有位同学去深圳打工，他说在夜色澄静的夜空，如果站在深南大道上，可以看到远处香港的霓虹灯，这一切恍若做梦。很久以前，那里的夜景只会在乡村的电视剧上才能看到，从来没有想到过这一切会发生在几年之后。我想香港的夜景对他来说已不仅仅只是一种景色，而且是一种观念的冲击和更新，他原先那种僵硬、封闭甚至愚昧的观念会在深圳的夜空中慢慢消蚀。

在我幼时的那片贫瘠的土地上，我认识太多的农民，他们一辈子在土地里刨活，他们甚至一辈子没有去过省城，他们对进城的概念就相当于农村集镇上去逛一圈。所有日子，所有人的生活相同的就像复印机复印出来的一样，不是他们不想改变生活，而是无法突破自己的观念。

记得法国科学家曾做过一个有趣试验，他们把一些毛毛虫放在花盆的边缘上，围成一圈，并在四周散些毛毛虫爱吃的松针，毛毛虫开始围着花盆的边缘走，它们可以一连走上几天几夜。科学家认为，毛毛虫具有"跟随性"，如果其中的一只毛毛虫稍稍与众不同，它们就会走上另一个道路，改变自己的命运。

但它们不会这样做，因为这是天性使然。

# 大　豆

豆有超强的生命力，给点土，给点水，再给点阳光，它就会疯长给你看。它不怕杂草，也不怕虫害，犹如人中强者，活得顽强和灿烂。

豆类品种繁多，是重要的农业生产资料和"农业金融标志物"。国际期货市场上就有"大豆"交易，大豆的涨跌，可以波及全球农产品景气指数。

大豆其实并不大，小小的、圆圆的。如果你看过潘长江的电影《举起手来》，里面有两个老太太把豆子撒在地上，让鬼子四脚朝天的那个玩意。大豆不大，但为何称之为大豆，令人费思量。

大豆在古时还有一个文绉绉的名字——菽，为五谷杂粮之首。以前不懂"菽水之欢"是什么意思，但如果知道菽为何物，便可意会"菽水之欢"的词意了。

《礼记》中这样表述："啜菽饮水尽其欢，斯之谓孝。" "菽水之欢"其实是为父母奉上普通食物，让其欢乐的意思。"菽水之欢"真是一个非常有生活味的成语。

大豆的用途多得让人叹为观止。以前我写过一篇关于豆之用途的文章，转载和引用不计其数。

我在那篇小文中说，这世界上卖豆子的人应该是最快乐的，因为他们永远不必担心豆子卖不出去。

卖豆人在豆子卖不出去的时候，可以拿回家，磨成豆浆，向行人兜售；如果豆浆卖不成功，可以制成豆腐；豆腐卖不成功，变硬了，姑且当作豆腐干来卖；而豆腐干卖不出去的话，那么就把豆腐干腌起来，变成腐乳。

第二种选择是，如果卖豆人把卖不出去的豆子拿回家，加入水让它发芽，那么更加妙极。几天后，卖豆人可以卖豆芽；豆芽如果卖不动，那么干脆让它长大些，卖豆苗。而豆苗如果卖不动，再让它长大些，移植到花盆里，当作盆景来卖；如果盆景卖不出去，那么就再次移植到泥土里，让它生长，几个月后，它结了许多新豆子。你想象那是多么划算的一件事，一颗豆子可以变成上百粒豆子。

人生在世，不如意之事十有八九，有些人的际遇如同那位卖豆人手中的豆子，什么奇迹也不会发生。一颗豆子在遭遇冷落的时候，都有无数种精彩选择，那么一个人呢？至少应该比一颗豆子更坚强吧？

这是大豆带给人们的启迪。

大豆进入商品市场之后，也可以让期货炒家赚得盆钵俱满。但对于豆农来说，那不过是一件辛苦稼穑之事，若靠种豆致富，那也是痴心妄想。

几年前，去山西旅游，走大同，游晋祠，访乔家大院，见商店中在出售黄豆，曰"乔致庸豆"，又曰"乔致庸长寿豆"。突然想到电视连续剧《乔家大院》中乔致庸晚年，喜食炒黄豆，这个小小情节也被商人抓着了，将黄豆一炒，用袋子装了，注册了商标。

这"乔致庸豆"这样做广告：此豆乃乔致庸常吃不厌的小食品。本公司精选上等大豆，经独特的原味烘制工艺，多层加工盐炒而成，对人体有保健作用的营养成分和多种微量元素不被破坏，自然出众，开胃健脾，壮骨解酒，口感酥脆，香味醇后，是一年四季老少皆宜的休闲食品。

呜呼，这还是我们叫的那个大豆吗！这倒是晋商遗风一种，能在普通黄豆上做文章，真是一个发财致富的好手段，令人佩服。我期盼"乔致庸豆"真能做出产业来，像傻子瓜子一样，造福农民，那就功德无量了。

# 人生的支点

这个小故事再一次触动了我。

诺亚财富总裁汪静波，出生于音乐世家，但她偏偏五音不全。小时候她会偷偷练歌，以期融入家庭。

她表面上快乐的，内心却十分自卑。

直到长大后进入金融机构，她竟然发现自己在金融理财方面有独特的"天赋"，从此"一发不可收拾"，创办了全国著名的第三方财富管理机构。

剑桥大学有一个著名的"灰人理论"。哪些人是"灰人"呢？就是那些需要花大量时间学习才能获得好成绩的人。"灰人理论"承认人的天赋条件，某些方面天资聪慧的人，特别容易在自己擅长的领域建树。如果一个人没有找到符合自己天赋的工作，往往要付出更多的辛苦和努力，但事业也未必会有建树。

我们所接受的成功理论是剔除"天赋"条件的，认为人生成功只要努力就行了。人生最可怕、最可悲的事情也就在于此，有的人一辈子想抱起一块自己根本不可能抱起的石头，但有的人却找到了支点和棍子，轻轻一撬石头就起来了。

人生的支点，至关重要。

这个"支点"，对有的人来说是歌唱的天赋，有的人是理财的天赋，有的人是奔跑的天赋，有的人是学习的天赋……

在美国，这段时间很多人为前第一夫人米歇尔的告别演说所打动。米歇尔在演说时也几度哽咽，她说身为第一夫人，是她此生最高的荣耀，希望她让大家都感到骄傲。

作为首位非洲裔第一夫人，米歇尔的个人经历极其经典。但千万不要把这一切仅仅归功于她的"努力"。

米歇尔出生于一个普通的工人家庭，按照世俗的逻辑，一个黑人家庭的孩子，是不可能有多大成就的。但米歇尔出生时正值黑人民权运动高涨，她又有一位思想正面的父亲，同时她又具有让人惊讶的学习能力，她通过学习，拥有普林斯顿大学社会学学士和哈佛大学法学博士这两张名片，这在少数族裔中是一个比例较小的典范。

同样，奥巴马的故事也是如此。我们只看到了他们的努力，但没有看到他们是在"找到人生支点后的努力"，还有他们与生俱来的乐观、自信、个性。

每个人都有自己的位置，这是由每个人的禀赋决定的，在这个世界上必然有一个最适合他的事业，一个最适合的领域。但许多人总在忙忙碌碌，总在"努力奋斗"中，就是没问过自己：你自己需要什么？你拥有什么？哪些东西最让你快乐也最让你觉得有意义？

你的人生支点就在这三个问题之中。当你找到这个"支点"后，那么你的努力才是最有意义，也最有效力的。

# 坚持做自己

很多人听过《睫毛弯弯》这首歌，但很多人并不知道这首歌的作曲者，曾经是一个放弃作曲工作，差点把自己也放弃的歌手。

这个人就是曹格。

曹格是马来西亚人，他酷爱音乐，从小学到大学，他一帆风顺，没有经受过大的挫折。大学毕业后，他只身来到台湾发展，想借自己的音乐才能取得成功。但他所喜欢的音乐不仅没有给他带来快乐，反而给他带来了无尽的痛苦。

曹格写了 80 多首歌，送给音乐制作人后，几乎每一首都遭到批评，有的制作人认为他写的歌太难听了，有的认为他写的歌没有任何市场。无情的否定让他心力交瘁。因为他远离故乡，人生地不熟，又迫于生计，心中苦闷无处排遣，他得了抑郁症。祸不单行的是，许多人在批评他写的歌时，还批评他的长相：你长得很丑，就像你写的歌那样。这样的批评，让曹格的自尊心受到了很大的伤害，他彻底绝望了，他感觉自己就像一条流浪在台湾的狗，他不敢照镜子，害怕看到自己的丑样。

曹格开始放弃，他每天借酒消愁，中午睡醒了再喝再睡。这样借酒消愁的忧郁日子维持了两年。有人看他如此颓废，便让他回马来西亚，但他看到自己这副模样，他觉得自己是一个彻底的失败者，没有勇气再回故乡。

幸运的是，曹格碰上了一位"伯乐"，一家唱片公司老板在听了曹格的歌后非常喜欢。他对曹格说，你的音乐里有一种感染人的力量，非常棒。他的歌被灌制成唱片发行，同样得到了歌迷的肯定。

唱片的成功发行和市场良好的表现让曹格振作起来，他写出了让歌星王心凌演唱的《睫毛弯弯》，他靠这首歌获得了巨大的收益，还让亚太地区的当红歌手记住了他，纷纷让他为自己写歌。

曹格在新加坡宣传他的最新专辑《Superman》（超人）时说："超人很伟大，每天飞来飞去救别人，可是，连 Superman 也需要别人的帮助啊！"面对自己的人生逆转。他坦诚地说，每一个都要自重自己，不要被别人的意见所左右，因为只有你自己，才能对自己成败负责。

是的，每个人只有按自己的方式去生活，做自己真正想做的事情，内心的焦虑和冲突才会消失。每个人生活在人际关系中，每天会听到众多对你不同的看法，如果为了别人看法，而不断调整自己的梦想，那是极其愚蠢和可悲的。

我是谁？这是一个人人需要面对的问题，但是并不是每个人都有勇气去拷问，有的人活了一辈子，都没有对自己提出过这个问题，也不知道自己的角色，结果浑浑噩噩过了一辈子。

是做自己，还是做别人希望成为的人？是为自己活着，还是为别人活着？或是活在别人的流言里，活在社会的偏见里？这是人生一道槛，跨不过，你的一辈子就恍如活在梦中；跨过了，你的人生就会豁然开朗。每个人只有按自己所期望的生活方式去生活，**做自己真正想做的事情，内心的焦虑、冲突、自暴自弃才会消停，才会成为一个心无旁骛、向着阳光、向着快乐方向奔跑的人。**

# 创新始于理想主义

"叶文贵"这个名字可能现在已经没有多少人记得起来了。而在 20 世纪 80 年代，"叶文贵"这三个字几乎等同于现在的"王健林""马云"。

叶文贵是温州苍南的一位农民，30 多年前，当万元户成为财富的代名词时，他已坐拥千万元资产，在全国也有很大的影响力。但他的财富却在 20 世纪 90 年代初突然"陨落"，这一切源于他的理想主义——造车梦。

叶文贵其实不是一名商人，而是一位令人敬佩的理想主义者。他还在东北当知青的时候，就梦想要造出汽车。当有了财富之后，他开始摒弃一切俗务，淡出人们视线，专心营造他的造车梦。

1993 年，他研制出中国首辆混合动力小轿车，一次充电可以行驶 200 公里，最高时速 80 公里，而且汽车配件 95% 以上来自温州本地，但在先后投入 1500 余万元后，最后因意识超前及国家政策等原因，最终导致造车梦破灭，没能实现商品化。而叶文贵也因造车散尽家财，财富化为乌有，成为苍南农村的一个普通的农民。

从当年的千万富翁沦落到普通人，叶文贵的理想主义再次让人感慨，他的儿子在大学读的便是汽车制造专业。

关于农民超前的创新，世俗的眼光是异样的，里面肯定没有多少欣赏。有人就认为，在工业化进程中，社会分工已极其细致，研发设计、基础制造、营销销售等等已经流程化，草根创新的价值已经不大了。

前几年，浙江还有一个农民，他卸下摩托车的发动机，用铝钢当飞行板，用报废的汽车座椅当飞机座椅，制造出了一架"土飞机"，结果在试飞时就一头栽了下来，人倒没事，但让村民担心不已，因为大家都担心他可能还要试飞，如果飞机掉在自家屋上，岂不是倒了大霉。

浙江衢州农民叫徐斌，他也造出了一架土飞机，并且试飞成功。如果到网络搜索引擎上打入"农民制造土飞机"这几个字，可以得到89万个条目。对于这些农民造飞机事件，当年官方的态度是明确：不支持。如果违反相关法律，必须处罚。徐斌当年也被查处过，还向民航部门写下过"悔过书"，保证以后再也不制造土飞机了。

农民造飞机同样被科学家嗤之以鼻。中国有位知名院士就说，在200年前，"农民造飞机"是值得鼓励的探索，但到了200年后的今天，再重复这种探索，注定要失败。

从经济利益上说，农民造汽车还是造飞机，不可能产生经济效益，因为现在制造汽车和制造飞机的技术早就成熟，不必由农民来探究，只要采取"拿来主义"就可以了。

但且慢，一边是官方和科学界的全面否认，一边却是人文圈的大力褒扬。许多人文主义者为农民造汽车和造飞机欢呼不已，他们认为这些农民是"民间科学家"，预示着民间创新力量。这个社会应该对这些可爱的农民给予宽容。他们反问，当年莱特兄弟发明飞机时，对别人来说恐怕也是一种妄想。

我对持有这种理想主义的农民抱有的最大尊重和敬佩。就在离我家乡四五十公里的杭州市桐庐县，就有一位土飞机制造者，他叫滕洪昌，是位空军退伍军人。在桐庐滕洪昌的家乡，我有几位同学和朋友，他们曾经对滕洪昌的行为表示了尊重。他们认为这是他的爱好，有的喜欢搓麻将，而他喜欢造飞机，如此而已。

我后来还翻出当年新浪网采访滕洪昌的新闻。现在再来读滕洪昌当年说过的话，我还是感慨不已。他说在自己感兴趣领域进行自由探索，是每个公民的权利。

我非常喜欢滕洪昌的这句话，出于个人兴趣的自由探索，从来都是科学发展的一大动力或科学发展的规律。这些草根的创新欲望，我们是不能扼杀的，它其实与整个社会的创新紧密地联系在一起的。

科学人才和创新资源高度集中在所谓的"精英层"，而民间智慧往往被漠视停留在体制之外。创新并不仅仅是精英的创新，不应该排斥草根的创新。只有当这个社会时刻关注民间科技创新，"英雄"不问出处的时候，这个社会才能真正地称为创新型社会。

我看过一个故事，一位跨国公司的高层在中国内地设立基地后，谈了对中国员工的看法，他非常尖锐地说："中国员工可能是世界上最为糟糕的员工。"在场的中方高层十分难堪，问他为什么要这样说，这位高层说："中国员工大都不敢将新点子说给上司听，特别是在开会的时候。后来我做了一个调查，他们之所以不敢发表自己的新点子，就是怕上司难堪，有的还认为自己只是一位员工，出点子那是上司的事，自己提出新点子，就越俎代庖了。"

这大概就是我们一贯的思维方式。理想主义从来都是创新的萌芽，但理想主义总是被人耻笑着，一直伤痕累累着，最后就夭折了。

理想是保持一个人的生机和活力的源泉，对一个社会、国家来说何尝不是如此！

# 大神的上半场

他是一个程序员大神，但他的人生上半场，简直糟透了。

20世纪90年代末，他曾写出过一个邮件客户端爆款foxmail，下载量倒有几百万，但却不赚钱。当时大名鼎鼎的金山公司想买这个邮件客户端，这位大神对这个软件的价值一点底气也没有，他报了一个自己认为的高价：15万元。

金山公司左思右想，觉得他们也能写出这样的程序，不再跟他接触了，结果他写的这个软件连15万元也卖不掉。

他的圈子里的许多朋友开始担心他的生存问题。一直到现在，还流传着关于他的一个段子：有一天，他指着汽车杂志上刊登的一辆汽车，说他十分喜欢。朋友好意地提醒他，这个梦想离你有点远。

他是孤独的，也是悲情的。他一直走在黑暗中，看不到前面的光亮，只有那颗纯粹的心，还在搏动着、坚持着。他心中到底有怎样的信念，支撑着他走过那样艰辛的岁月？

无人能知。

现在，当我们拿起手机，下意识地打开那个使用频率最高的 App 图标，跳入眼帘的是这样一个动画：一个人，孤独地看着蔚蓝的星球，无尽苍凉。

这个 App 叫微信，他就是微信的发明者：张小龙。

App 开机动画里这个站在星球外的背影，其实就是张小龙自己。他的研发团队曾经建议换成两个人。

张小龙说，不。

张小龙如果不经历惨淡又孤独的上半场，还有没有辉煌的下半场，真的难说。

因为知道张小龙故事的人都知道，只有像他经历无尽孤独的才能做出微信这样的社交产品。微信研发的初心，其实是从张小龙的孤独开始的，也是从他的情感诉求开始的。

# 拓展你的人生宽度

健身馆的一位教练说，人体上的每一个器官都是有寿命的，有的只有几周甚至几天的寿命，而我们之所以能够健康地活着，是因为它们在不断进行自我更新。如果你懂它和保护它，它们就可以延长寿命。

这不是一种商业营销，确有其科学依据。肝细胞的寿命只有五个月，但它在不断在更新。我们都知道肝脏手术，如果切除了部分肝脏，只要两个月肝就会自己长出来。但如果经常酗酒或饮食不当，那就会破坏肝脏主要细胞，肝就无法自我更新了，一旦发生病变和硬化，就会致命。

皮肤的表层皮每隔2～4周就会自我更新一次，但随着年龄的增大会长满皱纹。那是因为随着逐渐老化，我们的皮肤失去了胶原蛋白和弹性。骨骼也是如此，大约10年更新一次，到了中年后，骨骼的更新速度会减慢，骨骼倾向于变薄，这就是骨质疏松形成的原因。

虽然人的器官大都具有自我更新的功能，但都是更新次数有限，最终都无法突破人类的寿命极限，公认的说法是 160 岁。在这个星球上，能享受 160 年光阴的人真的凤毛麟角。

但来自世卫组织的数据，中国目前人口平均寿命男性为 74 岁，女性为 77 岁。本来每个生命都站在同一条起跑线上，有的人笑到最后，有的人中途黯然退场，而让自己退出人生赛场的就是自己，不良的生活习惯、对待健康的漠视态度加速了一个人的死亡进程。

人生就是一条单行道，只能向前，无法后退。假如你是一个明智的人，要么你去拓展人生长度，不比拼命比长命；要么去拓展你的人生宽度，不比平淡比精彩。

作为一个入世者，也许人生的宽度更为重要，因为它事关人生的意义。歌手汪峰有一首《存在》，他唱出了我们的困惑：多少人走着却困在原地，多少人活着却如同死去，多少人爱着却好似分离……这个社会给每个人带来了太多的疑问，我们每天在忙碌，顾不得去想清楚人到底为什么要活着。

事实上，很多人都困在了原地。我们拥有同样的膝盖，有的人用来下跪，而有的人却走向了远方；有的人用来赶场聚会，而有的人却用它登上了人生的高峰。

有一个女人，我一直敬佩至今。她是一朵女人花，虽消逝十几年，仍然灼灼其华。

她在得知患癌之后，就知道自己的生命来日无多。在生命的最后半年时间里，她说自己仍然很开心，让所有爱她的人不要为她担心。她履行承诺拍摄早已约定的广告，她说为人要诚信；她说要开一个演唱会，这是她心中的一个希望。最后她去世了，她让朋友转告她的歌迷：不要哭，也不要叫她的名字，她不喜欢眼泪。

这个女人的名字叫梅艳芳。

很多患癌的人，在有限的存活时间中，他们做了一些什么？我们看到了太多的恐惧、眼泪和绝望。但在梅艳芳身上，我们看到一个职业艺人的精神追求，一个人的坚强品格以及她的人生的精彩。

人生的长度是有限的，但人生的宽度却可以像这样，在有限的时间里无限扩展。人生的长度和宽度，你追求哪一种？

我觉得人跟动物最不一样的地方就在于人是能够拥有自己的思想，并且能够延伸自己的思想，并且在思想的辉中，追求自己的梦想。

传媒大亨默多克说，他说他的传媒集团那么小，世界那么大。如果有可能，他希望南极洲的企鹅也能收听、收看到默多克控股的电视、广播公司的节目讯号。

这真是一个"永远在折腾"的可爱老人，他的事业那么大，但他仍然在路上。

人一辈子不管你活得多么长，哪怕你能够走遍世界，但是你的眼睛和耳朵，看到的、听到的这个世界，实际是有限的世界，你走后什么也没有留下。人来到这个世界，最大的意义就是给世界留下礼物。艺术家留下了绘画，音乐家留下了动听的音乐，慈善者留下了笑脸，环保者留下了绿色……而我们给这个世界留下的礼物又是什么呢？

其实，为这个世界准备一份礼物，每个人都来得及。

# 贵　人

在音乐厅里，一位是普普通通的听众，一位是首席小提琴手，他们分别来自不同的城市，有着不同的经历，连说的方言也是迥异的。

但却有一种"机缘巧合"，在以后的人生道路中，把这两个人紧紧"捆绑"在一起了。

这位听众叫王石，万科董事局主席；小提琴手叫刘元生，香港人，在当地有实业。

故事是这样发生的。

当年还在广东外经委工作的王石，到广州友谊剧院听音乐会，觉得《梁祝协奏曲》十分好听。演出结束后，性格外向又有些"轻狂"的王石跑到后台，找到了小提琴手刘元生，当面表示感谢和祝贺。

可以想象当时两个陌生人见面的场景，但就是王石这冲动的见面方式，让刘元生记住了这个内地的年轻人，并引他为知己。

后来发生的事情，就是一个"贵人故事"了。

王石后来做录像机生意时，刘元生所在香港公司给他供货；当王石创办万科公司准备股份制改造时，刘元生给他介绍香港公司的运作方式；当王融资遇阻向刘元生打出求援电话后，他出手支持360万。到了20世纪90年代，万科股票跌破发行价时，刘元生却通过二级市场不断增持，总投资达400万元。

刘元生的朋友都说这样做太不理性了，这样帮助朋友可能拖垮自己。但刘元生的"倒行逆施"不仅成就了万科，成就了王石，最后也成就了自己。

到了2007年牛市期间，刘元生所持的股票市值超过了27亿元，18年的投资或帮助王石，他的收益增长了500倍。

在某种意义上说，他是王石的贵人；但如果换个角度，王石也是刘元生的贵人。

贵人是可遇不可求的，如果你守望着那个生命中的贵人出现，那无异于守株待兔。

贵人来自哪里？来自邂逅和遇见，总会在某个场景，某个时间点，你和他气味相投，成为知己。

在一本"万科传记"的书籍里，王石曾讲过一个故事，当时火车皮极其紧俏，一般人无法搞到。刚入商海的王石，为了从东北运输玉米，买了两条三五烟到铁路局的一位领导家通融。

但那位铁路局领导一看王石，马上把火车皮批给了他，而且坚决不收他的烟。那位铁路局领导说，他经常看到王石与搬运工人在一起，满身大汗地在站场里搬运100多斤的货物，就觉得这个"小小包工头"是个干事情的人。

大家都愿意和一个积极上进的人相处，这是人的天性。而且一个具有阳光心态的人总是会比别人更努力地寻找机会，发现机会，甚至去创造机会，最后他们总会得到更多人的帮助和提携。

　　相反，如果一个人消沉忧郁、自我封闭，他的气场必然晦暗艰涩，让人难以接近，处在这种状态的人，怎么会遇到生命中贵人呢？

# "互动"的价值

年前有位职场"菜鸟"问我，人在职场最重要的是什么。我想来想去，就给了他一个忠告：互动。

二十多年前，我就是从"互动"中受益良多。当年我学校毕业分配到一家国营工厂的车间，那时的国营工厂人浮于事十分严重，按理说我也可以在办公室里喝喝茶、看看报。但我这人闲不住，看到工人在抢修设备会上前帮忙；看到车间地上脏了，会找来扫把清扫；看到工人们围在一起谈笑也会加入其中。有一次看到车间道路上一个中年男人吃力地拖着一个编织袋在走，我当时也不认识他，便自告奋勇上前帮忙，后来才知这个中年男人是车间主任。

后来我调到厂部，全是车间主任在提携我。后来知道，他对我的好印象就是那次主动上前帮忙。

车间主任后来离职，自己创办了工厂，十多年了，仍然时时记起。说我真的勤奋刻苦，事事办得清爽，从无讨价还价。我既感动又感慨，特别是那句"没有讨价还价"，因为这二十年，这大抵是我工作的一种状态、一种理念。

二十年后，回首我当年的那些同事，那些当上厂领导甚至是老总的人，几乎全部是兢兢业业工作，与上级和同事关系处得良好的人。

现在那家工厂的老总，现在掌管几十亿的资产，为本地纳税一直处在前列的企业。当年他从基层做起，无论是官还是民，无论是升还是降，从未见他有牢骚和抱怨。

有人说他隐忍，有人说他成大事者必遭磨难。但在我看来，这是他的性格和人生价值观使然。上级交给的工作上不讨价还价，让人觉得其人能堪重用；人际关系上能与人互动交流，可以消解他人对其的误会和隔阂，这是他成为这家航母级掌舵人的"法宝"。

"互动"是金，互动可以创造新价值。

美国一家媒体曾对服务生小费做过一项调查。结果发现，服务生替客人点菜时，一边聆听一边点头，或者一边轻声重复一下的，得到小费的概率要比其他只顾埋头记菜名的服务生高出 70%。

英国一家媒体的调查也得出类似的结论。英国餐厅里有一种传统，客人用完餐后，服务生会送一粒薄荷糖，送一粒糖的服务生得到的小费要比没送的高 3%，送两粒糖的要高出 14%，而如果先送了一粒糖后，再返身回来送上一粒糖的，那小费会比没送的高出 25%。

这两项媒体调查非常有意思。道理其实很简单，你尊重别人，别人自然会尊重你。换言之，你与客人"互动"得越多，关系就会越融洽，得到小费就会越多。

这只是小费。如果这是人生，那么回馈会更多。

# 一生做好一件事

第37届香港电影金像奖"专业精神奖"颁给了一位名叫杨容莲的人。当主持人唱到她的名字时,台下所有人,包括古天乐、刘德华等知名艺人都起立为她鼓掌。

而成龙得知杨容莲获奖,他连夜乘飞机赶回香港。在颁奖现场,成龙亲自上台为她调整麦克风。这位名叫杨容莲的人,演过什么电影?又为香港电影做出过什么样贡献?她凭什么获得香港电影界和明星们最大的尊重。

杨容莲不是电影明星,而是一位普通的"茶水阿姨",她的工作就是在剧组里帮忙倒水、端茶、准备盒饭便当的。杨容莲刚入行时,香港电影正值黄金年代,在片场做茶水服务的,有十几人,但这一行收入非常不稳定,在行内又是最不受重视的一群人,她坦言,很多人做了几天,有的嫌天气冷还要弄湿手,有的嫌要照顾那多人太累,都放弃了。

只有她坚持下来了,一干就是三十多年。在杨容莲眼里,这份工作是非常"专业"的，在片场里，有大明星，也有普通人，而她一视同仁，哪个人喜欢什么口味，她记得清清楚楚；什么时候递上茶水，什么时候需要便当，她熟稔在心。成龙说，在拍片的时候，你可能没发觉她的存在，但是她如果不存时，你就会喊"救命"，片场中只要有她在，开工才不会渴，也不会饿。

杨容莲不识字，但所有明星都亲切唤她"莲姐"。三十多年过去了，她看到一位位的演员从名不见经传到红遍亚洲，她也见证了香港电影的起起落落。她从来没有为这份卑微的工作失望过，她每天都在全力以赴，她用30年的坚守告诉所有人，这就是"专业精神"！

有人说，去做一件事很容易，但要做成并且做好一件事就没有那么容易了。做好一件事，关键在于我们是否拥有一份专注与坚持。

看到一个故事，有一位女作家被邀请参加笔会，坐在她身边的是一位匈牙利的年轻男作家，得知女作家迄今只发表了一部小说，男作家有些鄙夷，问："噢，你只写了一部小说，那能否告诉我这部小说叫什么名字？"

女作家平静地说："《飘》。"

那位男作家目瞪口呆。女作家的名字叫玛格丽特·米切尔，她的一生只写了一部小说，一部非常好的小说。现在，我们都知道她的名字。

是的，做好一件事就是要做到别人无法替代。许多人之所以平庸，之所以会失败，不是败在能力、智慧上，而是败在了专注力上。"茶水莲姐"的故事告诉我们，专注是一种极其美好的品德，一种极其稀缺的资源，正因为稀缺，它弥足珍贵，必将在某一个时刻迎来人生的高光时刻，照亮平凡的生命。

# 心力所至

佛家讲境由心造，相由心生。换言之，一个人最终取得什么样的事业，最终是由他的心去创造的。

很多人喜欢在朋友圈里转发稻盛和夫先生的"鸡汤"，稻盛和夫的理念总结起来其实只有一句话：成功的人往往都是那些沉醉于所做事的人。

稻盛和夫自己也是如此。他年轻时为了发明新技术，既无知识储备又无技术，也没有经验和实验设备，但他吃住都在实验室，后来竟然研究出世界领先的技术。在他安享晚年的时候，他又拯救了当时负债累累的日航公司。

他所做的，无非就是心力所至，全力以赴。

IT界的传奇人物乔布斯也是这样的人。

"iPhone"手机这个商标上有一个"o"字，有一天乔布斯发现这个"o"字有一点轻微的倾斜，于是把工程技术人员召集过来，要求马上调整这个"o"字。

这个故事的意思是，几百人的研制团队都看不出这个"o"字存在问题，唯有乔布斯发现了，可见他的观察是多么入微。

这里面有一个"心力所至"的问题。对于一位 CEO 而言，他不必关注"iPhone"手机里面各类软件编写过程，他只要向下属提出他想要的东西就可以了。也就是说，一个高层管理者的"心力"关注点，就是这个产品的一切真实体验。就像一位厨师，你烹饪出一盘美味的鸡餐，没必要亲自到农村去养鸡，他只要知道自己需要什么样的鸡可以烹饪出美味就可以了。

又如报刊编辑，总编关注的是版面上的导向性，哪一条稿子是头条，哪一条放二条……哪一张照片应该放大，哪一张又不能放……而美术编辑关注的是怎样设计才会让版面更好看，美术编辑会把照片放到足够大，标题做得足够显目。如果把一个时政版面交给美术编辑来编排，就会出现大差池。

这就是心力所至之故。

前段时间，我上网看到一则新闻，台湾的林志玲在大陆出席一个活动，有位网友通过照片发现她当天穿的黑色蕾丝裙装上面有一处断线了。这事挺无聊的，但我不得不佩服网友的心力，网友是将照片放大了找出了那根断的线。

用心真的可以做成一件不可能的事。如果这件事做不成，那可能是用心不够。

# 知识焦虑

　　"知识焦虑"并不是现在才有的，古往今来就是一种极具杀伤力的情感。为了获取知识，什么"凿壁偷光""头悬梁、锥刺股"等历史典故不计其数。

　　有一个"待小僧伸伸脚"的故事很能说明问题。

　　昔有一僧人，与一士子同宿夜航船。士子高谈阔论，僧畏慑，卷足而寝。僧人听其语有破绽，乃曰："请问相公，澹台灭明是一个人，两个人？"士子曰："是两个人。"僧曰："这等尧舜是一个人，两个人？"士子曰："自然是一个人。"僧乃笑曰："这等说起来，且待小僧伸伸脚。"

　　在这个故事中，"知识"不仅仅事关这位"小僧"的睡眠舒适度，还事关一个人的尊严。

　　小僧在书生面前，本来觉得对方是读书人，学识渊博，他是敬畏的，连脚都不敢伸直。听到书生把"澹台灭明"说成两个人，又把尧舜说成是一个人时，小僧对这位读书人的敬畏感没有了，内心的自尊升腾起来，于是把蜷曲的脚也伸直了。

你看，有知识是多么让人心里有底，而没知识又是多么让人看轻。都说现代人患上了"知识焦虑征"，其实这种病不是现在才有的。也许是在这个信息大爆炸时代，在人人面对的海量信息面前，大家遇上了"怎么学习"的问题，因为知识更新太快，自己的生活节奏又那么紧张，学习终端也发生了革命性的变化：从书本到了屏幕，自己学习方式不得要领，发现知识储备跟不上工作的需要而产生的一种茫然感。

但这在本质上与古代的"知识焦虑"是一样的。

现在有一种说法，现在是读屏时代，借助书本学习的方式过时了。读屏时代的学习就是碎片化，文章几百字就可以了，最好还要配上漫画和视频，说这种碎片化、娱乐化的阅读才是现在最好的学习方式。

在我看来，这是对学习一种逃避和托词。

古往今来，那么多关于学习的名言警句，那么多靠学习功成名就的名人伟人，是不存在"碎片化学习"成就事业的典例。现在有的人在手机上看到好文章马上收藏；看到好知识点就复制下来放入电脑备忘录中；一些网络平台的公开课也时常观看，每天搞得很忙碌，好像学了很多，但事后一想，就像猪八戒摘西瓜，东打一耙，西打一耙，没有形成自己的知识体系。

关于学习这件事，很多人的目标是做个"通才"。这个想法非常应景，手机里公众号关注了几百个，每天推送的文章成百上千篇，我都浏览一遍，这就是"家事国事天下事事事关心"，算个"通才"了。事实上，知识焦虑产生的源头，就在于这种"通才"

思维。

"通才思维"直接导致自己形成不了知识体系。大家是不是有一种感觉，你刷了半天手机，看得头眼昏花，问一下自己，你学到了什么？第二天、第三天……几天过去了，你还记得这些知识吗？

知识体系就像一个人的"护城河"，这条河越深越宽，城池就越有安全感。要构建自己的知识体系，其实道路只有一条，就是要在自己的专业领域内做垂直的学习，不断深化，形成属于自己的学习目录，学习方式，形成自己的思考场，而不是听着公众号的观点人云亦云。先有选择性地垂直学习，然后再慢慢地向水平方面拓展，那么你的"知识护城河"就构建起来的。这也不是什么新奇的学习方法，古往今来要"学有所成"都是这种办法。

当一个人有了自己的"知识护城河"，那么所谓的焦虑是可以缓解的，你就会像古代那个故事中的小僧一样，有一种可以"伸伸脚"的痛快感和踏实感。

# 走向人生舒适区

保洁阿姨喜欢和我聊天，或者说，我也喜欢与她聊天。

一个午后，她看到我有些闲暇，便把拖把放在一边，与我聊起她的澳大利亚旅行。

她有两个女儿，资助她这次海外之旅的是大女儿，后来是怎么转换话题，聊起她的小女儿的，我想不起来了。

但她的小女儿的奋斗故事，把我感动到了。

她小女儿从小学习成绩优秀，但在高考中失利了。也许憋了一口气，她在大学里学习成绩优秀，得到了一次日本交换生的机会。她决定要去日本求学，但费用每年需要 10 万元，加上住宿和生活费用，家庭根本无法承担这笔费用，父母劝她还是大学毕业后，在杭州找份好工作也许更好。但这小女儿坚持要去日本，希望父母资助她 10 万元，而其他费用和将来的学费，她会在日本通过打工来赚取。

父母同意了她的方案。

第一年在日本，小女儿在超市里谋得一份工作，父母以为是一份店员工作，不会很累。而两年后才得知，她干的是竟然是搬运工。

保洁阿姨说，第一年回家，她发现小女儿准备了许多创可贴，当时不知她要采购那么多有什么用。后来才知道，因为要搬运重物，脚上和手上经常会出血。而这一切，小女儿从来不会跟家里人说起，在日本求学的前几年，她在手机上与父母视频聊天，只是说："想家了，然后就是不停流泪。"手机两端，小女儿和父母全部哭成了泪人。

父母让她回国，她说一定要获得博士学位再回来。整整9年，她一个人在日本终于实现了自己的梦想，即将获得一张博士文凭。

保洁阿姨说，在日本，小女儿也收获了爱情，是大学里的同学。今年准备回国成婚，两人现在已在杭州购了房，也有了意向的公司。苦尽甘来，美好的生活正在等待她。

这是迄今为止所听到的一个与我"最紧密"的留洋奋斗故事。保洁阿姨说，为了以后能过上舒适的好生活，我的这个女儿这9年过得实在太苦了，但这一切却是值得的。

在朋友圈，我看到许多关于"走出舒适圈"的励志文章，意思是人类具有一种通性：追求安全和舒适。如果一个人沉醉于现在的舒适，拒绝成长，其实就是拒绝走出舒适区，一个人如果有这样的心理模式，那么你就有可能会错过十分精彩的人生。

而听完这个故事，我觉得人这一辈子不是"走出舒适区"，而是在不停地"走向舒适区"，或者说是从"低端的舒适区"走向"高端的舒适区"。再通俗地讲，人不是为了"折腾"和"奋斗"本身而活着，而是为了"折腾"和"奋斗"的目标而活着，是为了对美好生活的向往而活着。

"走出舒适区"这样的倡导，的确具有鼓动性，它会激起更多人对自己的现状的不满。但是我们有没有想过，人的目标，不就是追求生活的舒适和安全。当一个人生活在"舒适和安全"的状态中，就被简单粗暴地批驳为是一种安逸、惰性、麻木的时候，这真的是武断的，也是十分不妥的。这个社会有大量的重复和机械式的工作，正是这些被斥之为"舒适"的工作，构成了这个社会最坚实的物质基础。

就像一艘船，我们不能批评那些停泊在港口经历过风雨的船只，它们刚刚劈波斩浪远航回来，靠岸了，卸下了远方载来的货物，等待着新的航行任务的下达。

人生何尝不是如此，每一种出发，都应该是为了梦想；每一种停泊和靠岸，都要听从内心的安排。正因为有人生的一张一弛、一紧一慢，才有生活的五彩斑斓。

# 低垂之果

在杭州远郊，有一处保护完好的明清古建筑群，曰龙门古镇。镇内居民大都姓孙，为吴大帝孙权后裔。一千多年后，这里已难觅帝王遗风。普普通通的日子，平平淡淡的生活，在江南众多古镇之中，没被彻底商业化，算是笃定的那种。

一个家族总是遵循着"盛极而衰""衰极中兴"的亘古道理，以上百年甚至千年的时间轮回，演绎着人间的荣耀和落寞，经历着人间烟火的熏陶和浸淫，于是有了喜怒和哀乐。

有人把这一切称之为"低垂之果理论"。意思是说，一棵果树在春天开花结果，在秋天果子成熟，果子压弯了树枝，我们就非常容易采摘到成熟的果子，等到果子全部采摘完后，树枝又恢复如初，我们就很难攀援到树枝了，这就需要等待下一个年份的春华秋实。

用"低垂之果理论"来观察一个家族的盛衰，就会洞悉家族的盛衰之源，要让一棵果树在一个时间轮回中再结出丰硕的果子，除了风调雨顺之外，还需要适宜的生长的环境，这是一种"偶然"和"必然"的结合，它需要用时间来酿造，从某种意义上说，该来的必然会来。

我的家族光耀于元末明初，族人以抵抗张士诚得到明太祖的册封，盛极一时。此后200余年，家道中落，未见名人达官。一直到清朝道光之后，家族再现文人，留下文名。直至现在，我老家均以这位留下文名的老祖宗来表达自己的村子的荣耀。

"低垂之果理论"同样存在于科学界。24岁的牛顿想出了物理学上的三大定律，那一年，他"这棵树"结出了一颗硕大的果子。此后作为他本人还是整个物理界，几百年间事实上都在摘取他当年的"低垂之果"，20世纪物理学界又出现了一个人，他叫爱因斯坦。

乔布斯发明的苹果手机也是如此。他当年发明了只有一个键、大屏幕的智能手机，将近十年过去了，市场有各种品牌、各种样式的智能手机，但都没有突破乔布斯当年发明理念，所有手机厂商还在摘取他的"低垂之果"。

我相信，哪一天我们的手机还会发生革命性的变化，但这个时间段无法预知。我想当智能手机发明的"低垂之果"采摘完毕之后，在某一个时间段，这棵果树还会开花结果，再次让人们享受科技果实的甜美。

而人类社会的美妙就在于此，只要给予时间，一切皆有可能。

# 真正的成功者

这是城里最大的一个攀岩馆，教练是个中年男子，平时沉默寡言，不善言辞，看上去蔫蔫的样子。

有一天，来了一群年轻人，应该是某家公司的一个团队，是来进行拓展训练的。这些年轻看到他们的教练的样子，有些看不起他。

一个领队到前台去说，希望给他们换一个教练。

前台说："他是这里的定线员。"

男子听后，有些不敢相信。

定线员是室内攀岩运动的灵魂，攀岩运动员所有动作，就是他身体力行之后，在岩石上标明一个个可以支撑的点。或者说，定线员就像出试卷的老师。

定线员都是经验丰富的人担当，一个好的定线员可以制造一些攀岩上不同的难度，通过设计支撑点更好地展示攀岩者的动作，尽量让攀岩者以最优美的姿势出现。

但这个人往往"藏"在背后，因为每一位攀登者在取得胜利之后，如果说这条线路是定线员事前安排的，那成功就没有了光环。

1953 年，新西兰人希拉里登上了世界第一高峰珠穆朗玛峰，他的名字传遍了全世界。但是，他心中一直有一个秘密。

原因直到他晚年才一言道破。在他之前，有一个名叫安德烈·罗歇的瑞士人曾经到达离峰顶 200 米的地方，他取得成功的路径，正是遵照了罗歇走过的路线。

也就是说，希拉里所取得的成功，无非是罗歇的重复而已。

有一种成功，叫作站在别人肩膀上的成功；有一种付出，叫作默默无闻。

# 心想才能事成

在阿里，有很多的创业故事。

这个故事的主角叫"可乐"，一个普通的产品经理。在阿里，这样的产品经理多如牛毛。

"可乐"留着胡子、扎着马尾，有点桀骜不驯。他每天脑子里有各种各样的想法，就像一瓶晃动中的可乐被突然打开，像泡沫一样多到停不下来。

他也非常耿直，有了想法就会去尝试，他甚至会与上司一言不合摔凳子。这样的人，在许多公司里都会混不好。

但在阿里，他活得还不错。

当年的"支付宝"主要阵地一直在 PC 端，在移动端没有什么建树。"可乐"很着急，他到处游说应该发展手机移动端的支付宝。但他级别不高，没人听他的，甚至连说服工作群里的同事都特别费劲。

他开始折腾，希望能为公司做些什么。

他首先盯上了公司食堂，当时阿里食堂先付钱，然后凭小票取餐。他找到食堂，说可以进行"无线化"改造，行政听说就餐可以这样方便和快捷，同意了，"可乐"拉上几个同事，经过半个测试，食堂刷卡系统完工了。"可乐"期待同事们能从中有所触动，从而焕发对无线支付的激情，但结果什么也没有发生。

他又盯上了公司里的自动贩卖机，很快把无线刷支付宝就实现购买的功能完成了。同事们也觉得这个改造很棒，不过也就是如此而已。"可乐"想引起公司上层重视无线支付的希望还是没有成功。

"可乐"的热情化为乌有，他有了一个新想法：2012年9月凌晨，支付宝内部论坛出现了一篇名为《来谈谈支付宝无线化吧》的帖子，作者就是"可乐"。他在帖子里说："大公司谋杀创新。"

这个帖子惊动了时任蚂蚁金服董事长的彭蕾。她找到这位级别不高，但想法多得冒泡的产品经理，不但没有批评他，而是让他组建一个工作室，"把脑子里的想法干出来"。

现在大家都知道了，无线端的支付宝从此从"黑暗"走向了光明，历史性地改变了中国人的支付习惯。

现在如果去回望，假如阿里没有无线端的支付宝，现在的阿里又将会怎样？

无法去想象。

不知你有没有总结出几个字来，我总结了这六个字："心想才能事成。"

不要小看这简简单单的六个字，在阿里，这"六个字"是有一种价值观，一种公司文化、一种隐秘而内生的强大机制在保障着它实现。

正因如此，阿里的 HR 们会招聘到像"可乐"这种类型的人，而且会包容他们在这里工作，这些不停冒泡的"可乐"们，会用自己微弱的力量，一点一点地改变公司的命运。

"心想才能事成"，这是每个人寻找人生希望的绿洲，这是打开人生格局的第一步。如果当这种意念与一群人的价值观相遇，并且融为一体时，那么它的力量之磅礴，非你所能想象。

阿里，就是这样诞生的。

# 只有十分钟

他站在我面前，和一个流浪汉没什么区别，但是他的脸上透出一种神表，让人觉得他有一种追求目标的执着。从多年与人交往的经验中我得知，如果一个人真想得到一件东西，愿意用整个未来作为赌注，那么他一定会得到……事后证明果然如此。

——爱迪生

# 新工具新世界

我用电脑写作是在 1996 年。当时我还在工厂工作，因为我文章写得好，厂长专门为我配的，是一台进口的"康柏"，需要一万五千多元，机子非常重，操作系统是古董级的 windows3.1，而且是英文版的。

有了电脑后，我写文章的速度突飞猛进，效率大大提高。当时 E-mail 还没有普及，厂里又给我配了"爱普生"针式打印机，文稿写毕，键盘一敲，清清爽爽的稿件就打印出来了。当大多数作者还在用手抄纸投稿的时候，我已用上了世界上领先的电脑，这对我以后的创作提供了很大的帮助。

二十年后再来看这台电脑，我不得不认为是它将我带入了一个全新空间，人生际遇也由此改变。

现在我一直在想一个问题，我们这一代人不是因为我们特别聪明，也不是因为我们特别勤奋，而是我们善于接受和利用工具，于是一下子打开了让自己都想象不到的巨大空间。

前几天，遇上一个服装厂老板。他在这一行做了二十年，工厂规模越做越小，于是他"怨声载道"，说现在的人不懂衣服，不懂布料……最让他心有不甘的是，一位在他工厂干了三年的小姑娘跳槽后，自己开了一家淘宝店，短短一年，业绩就超过了他的工厂。去年"双十一"，他从侧面了解了一下那家淘宝店的销售量，单是休闲裤就售出一万多条，相当于他三个月的销售量。

平时我接触过一些传统商品的生产厂家，譬如针织品、工艺品、毛绒玩具、箱包等等，这些工厂最"痛恨"的就是电商平台。十几年前，他们有闭环的销售渠道，这种渠道对别人讳莫如深。别人根本不知道他在为谁代工，价格又是多少，一单可以赚多少钱。但阿里巴巴改变了一些，所有人只要上电商平台，谁在采购，谁在销售，一清二楚。"代工"不再是个别人的机会，你只要有想法，人人都可以去做代工，办工厂。于是，电商崛起的几年，这些曾经分布在广袤农村的乡镇企业、村级企业，一夜之间被消灭，那些曾经开"桑塔纳"的老板，也止步于"桑塔纳"，只有极少人，能够在电商时代中涅槃。

这些得到涅槃的人，往往是善于利用现代工具的人。他们勇敢地走进了"电商"这个大门，发现了房子里面全新的东西，给他们带来了震撼，于是他们改变自己的生产方式，改变自己的产品，最终得以存活下来。

有人说，一个时代的发展，是人的发展结果。但从另外一个角度来说，是"人利用工具"的结果。蒸汽机革命、机器革命、互联网革命以及移动互联网革命，这些属于技术进步，其实是工具进步，谁能主动拥抱最新的工具，利用好新的工具，谁就能抓住市场之手，占得先机，赢得市场。

而一个人的淘汰，一个企业的淘汰，甚至一个产业的淘汰，往往与他们漠视"新工具、新技术"有关。他们利用旧的工具赢得了世界，于是认为永远可以再赢下去，不懂得去改变和适应。

譬如前几天，一位老先生，也算是当年的本土作家，他将一篇手写的文稿放到我面前，当然这是他几十年的习惯。但我遇上了很大的困惑：如何将这篇文章推荐给杂志的编辑或是报纸的编辑？

最后的结果是，我花了一个多小时的时间，努力辨别他的字迹，在电脑打印了下来。现在我最害怕的事情是，他再次把手写文稿送来。

人与人的迭代往往是因为"是否使用新工具"表现出天壤之别，不再是因为年龄，或是理念。

# 简　　单

即便是街头巷尾的饮食店，墙上也挂着密密麻麻的菜单，希望能留住不同的需求的顾客，更不消说大饭店了。但如果一家店只卖一种东西，那是不是非常奇葩呢？

杭州就有这样一家面店，只卖一种面，想吃其他浇头的面，就不要进来。这家面店就以这样"简单、粗暴"的方式赢来了一大批拥趸者，在厮杀惨烈的饮食江湖里闯出了一个生存的空间。

小人物打败大人物，小公司打败大公司，小饭店打败大饭店……改良是没有出路的，比谁提供的菜式多也是没有出路的，只能靠颠覆，靠"破坏性创新"才有可能。

什么是小公司或是小饭店的"破坏性的创新"？其实就是简单，因为"简单"是小公司小饭店最现实最有可能成功的杀手锏，除此别无他法。

重庆小面这种小吃"简单"吗？非常简单，手工的面，手工制作的辣油浇头，几分钟就可以上桌，没什么繁枝杂叶的制作工艺。

有人把重庆小面的制作工艺说得神乎其神，甚至像生产茅台一样复杂，那就让人不信了。

重庆小面的成功，并不在于复杂，而在于简单的制法，享用也简单。面条入锅沸水一煮，捞起，一瓢红油辣子，加些浇头菜，不需要与别人觥筹交错，完全是个人的事情，吃得满颊生津，浑身热乎乎的，实在是一种享受。

在市场越来越细分，准入门槛越来越高的时候，你还是像十几年前一样创业，那失败的可能性很大。现在的市场再也不会为"缺乏创意"、没有新意的产品和营销方式点赞了。

大道至简。简单是一个充满诱惑的果实，谁能品尝到，谁就有可能冲开一条血路获得成功。

大家都知道沃尔玛，知道它以丰富的商品著称零售业。但许多人都不知道有一个叫"阿尔迪"的连锁超市以简单的业态，实现的销售额是沃尔玛的30倍。阿尔迪连锁超市的简单到什么程度呢，首先它陈列的商品只有区区六七百种，但每一种质量都是最好的；商品的陈列不是豪华的，而是摆在灰色的货架上；超市的人数也是极少的，但每一个员工都对商品价格倒背如流……这就是阿尔迪连锁超市的秘密，超市始终认为，他们不希望通过琳琅满目的商品来消磨顾客宝贵的时光，甚至多花冤枉钱，到阿尔迪连锁超市来，你不需要选择，但能保证你购到的商品，是业界内最"好"的，也就是最质优价廉的。

商业向来是一种讲究复杂的学问和产业，但商业发展到现在，如果你逆向思维，用"简单"去思考，去创造"简单"的商品和服务，说不定你就成功了。

因为简单，说到底是潜藏的人性之需，也是生活品质之需。

# 活下去的本能

有人说，互联网企业"一夜暴富"式的故事，可能会祸害很多人。这与当年琼瑶的爱情剧一样，把现实中的爱情诗化和理想化了。

关于创业，我们已经传了太多太多的故事，马化腾的QQ，马云的阿里巴巴，雷军的小米……他们的故事很传奇，传奇到就像专业的编剧事先编写过的一样。许多人还会浮想联翩，假如这些故事中的主人公，换成是我，也许我也成功了。

这真是笑话。

创业哪有那么容易，即便这些"互联网企业"真的是三下五除二就把企业搞到全国数一数二，你也要想一想，自己有没有那个时和运？

全国机床行业领头人之一的沈阳机床负责人关锡友，三年前他站在德国一家宾馆的楼顶上，徘徊了一夜，他在做一个痛苦的选择：是不是跳下去，一了百了。因为在此之前，他已连续投入了

11 亿元进行技术研发，但却没有成功，他已不能承受创业的压力了。

那天晚上，如果关锡友最后没有求生的本能，也许就看不到第二天日出了，更没有这家企业的今天了。

很多企业家都不善于把自己最难堪的一段故事拿出来与人分享，那种创业过程中千回百折的心路历程也秘不宣人。

创业创新真的不容易，可能是十年冷板凳，也可能几十年默默无闻，各种各样的痛苦和不如意可能折磨得你连死的心也有了，你之所以坚持下来，那不过是因为有一种求生的本能。

一个朋友，一腔热情创办节能灯厂，建厂房，买设备，跑市场……工厂上马后，他才发现自己没有退路了，700 多万的银行贷款，每月几十万的人工工资，近 100 万的银行利息，工厂只要一停，他就死路一条，这些巨款一辈子也还不出来了。

据说为了把工厂生产的产品销售出去，他动用了不适宜讲出来的"非常手段"。照他自己的话说："我那样去做，总比死好吧！"

一个人被逼到了绝路，那么只能"向死而生"，反而能想到办法活下来。这几乎是许多企业的真正的生存之道。

而那些漂亮的创业故事，听听也就罢了。

# 勤劳延年

　　曾祖母九十岁高龄，自己还会上山捡枯枝败叶，生火做饭，还能用竹筒提山泉煮茶，说起陈年往事，思路清晰，引人入胜。每每看到现在的一些养尊处优但弱不禁风的老人，就为曾祖母当年的健康"叹为观止"。

　　曾祖母九十三岁去世，前一天还在屋前晒太阳，能走能喝，第二天人就不行了，是俗话中的"油灯耗尽"之逝。曾祖母的勤劳，在村里路人皆知，常常被人说起。现在我人到中年，每每想到老人家，就会对她的勤劳发出感慨。

　　还有一位我老家的画家，名叫陆九畴，我称他小爷爷。他以画梅著称，在浙江有"一代梅师"之称，与台湾的蒋纬国还有交集。当年他住在杭州留下，九十岁高龄仍然不停笔，其勤奋让人惊讶。九畴先生看着我父亲长大，还欣然写下四个大字"乐在其中"让我带给父亲，这四个字暗藏了我父亲的名字。后来我想到九畴先生为何写下这四字，亦有他的人生体悟在里面吧！

记得著名的漫画家方成有一句流传甚广的养生之谈："生活一向很平常，骑车画画写文章，养生就靠一个字，忙！"

"忙"的确能养生，之前我接受的教育好像不是这样的，忙碌者定然是短命的，而养尊处优者才有长寿。但回望一下身边，发现根本不是这样的。倒是那些日子平平常常，一年到头忙忙碌碌，身累但心轻的人，活得非常任性，到了高龄，仍然可以下地走路，还可以爬楼梯，说起话来仍然中气十足。

美国还有一项有趣的调查，失业率增加 1%，死亡率增加 2%。这个数据专家在解读时说，失去工作，空闲下来了，人们不适应无所事事的状态，反而会增加死亡。另一个数据更有意思，工作忙碌而紧张的人，往往比普通人的寿命高出 30%左右。

这些数据或许经不起科学家们严谨的推敲，但一个人的寿命除了基因之外，的确与后天的生活习惯有着密切的关系。"生命在于运动"，这是动物界的一条常理，始终保持机体适量运动、思维适量运动的人，往往会得到较长的一个寿命，这是大家都能认同的一个常理。

# 死磕精神

　　杭州有一位 50 多岁的电焊工人，掌握了一种国内领先的电焊技术。他学历不高，也没有工程技术人员给他指导，硬是靠不断琢磨钻研出来的。用大白话讲就是死磕出来的。

　　做任何一件事情，只要持续、热忱、死磕，就像一个匠人一样，耐得住寂寞，锲而不舍，金石可镂。

　　前几天看了一篇医学方面的报道，有些感慨。说的是全国著名的华西医院，在抗感染方面全国领先，并不是华西医院的杀菌设施有多么高超，也不是他们的医疗流程有多么严密，他们的秘诀就是让医卫人员规范地洗手。

　　也许很多人不明白了，抗感染和洗手有什么关系？洗手人人都会，难道这竟是一家大医院的秘诀？

　　答案是肯定的。

　　洗手的确非常容易，但如果规范地洗手，按"七步洗手法"来进行，这就不容易了，用杀菌皂涂抹，双手交叉不断揉搓，然后用清水至少冲洗二三十秒，用灭菌毛巾擦干皮肤……医院没有对医卫人员洗手的死磕精神，怎么可能做得到？

这世上的许多事情都是这样的，做一天两天，人人都会去做，但一生去做，像匠人一样死磕去做，又有几人能做到呢？他们往往会在公认的"医疗常识"中败下阵来，明明知道不彻底清洁手部卫生，可能会给患者带来生命危险，但最后还是会败给惰性和侥幸。

"常识"是需要死磕的，往往是没有变通余地的。因为这种常识是经过生命和鲜血的代价换来的。

"七步洗手法"的来历源于 1846 年，当时维也纳妇产科医生泽梅尔魏斯敏锐地观察到：同在一家综合性医院的两个产科病房，产妇的死亡率有明显的区别。其中，第一产房的产妇主要由医生接生，死亡率达到 16%；而第二产房的产妇由助产护士接生，死亡率为 7%。经过仔细观察后发现，医生在解剖室完成尸体解剖后就直接为产妇接生，故推测医务人员的手在其中起了决定性的作用。于是泽梅尔魏斯医生要求医生在为产妇接生前，必须用漂白水清洗双手。几年之后，第一产房产妇死亡率明显下降。泽梅尔魏斯因此也被公认为手卫生的"鼻祖"。

关于医疗界的"手卫生"，早在 20 世纪 80 年代，国外就出版了第一版的国家手卫生指南。而世界卫生组织手卫生指南已连续出版三版，以期在全球范围内提供手卫生指南，推广手卫生。

但实际上，这样的医疗常识对普通人来说，可能在认识上存在误差，但对于接受过专业训练的医卫人员来说，"洗手"与医疗感染之间的关联就不可能不知道。

问题在于，如果按照规范的洗手方法来执行，那么医生每天就会耗费大量的时间来清洗自己的手部，没有"死磕"精神，不可能有医生会做到。

而"死磕"精神并非靠外力所能奏效，往往是出于对常识的尊重，对患者生命的尊重，之所谓"医生佛心"，心有怜悯，即便牺牲自己，也要成全他人，唯有如此，才会萌生死磕精神。

# 只有十分钟

一家集团公司人力资源部经理告诉我，他招聘人才的时间是五分钟，加之让应聘者走入他的办公室、入座、非正式简单对话的时间五分钟，总共不会超过十分钟。

也就是说，公司是否录用一个人的时间，只有区区十分钟。所有的成功、失败都浓缩在这里。

我说不公平，也不负责任。他说："十分钟最公平，最负责任。"

他说百分之七十以上的应聘者走入他的办公室不会轻声敲门或首先打招呼说声"你好"，百分之五十以上的应聘者衣冠不整，百分之三十的应聘者态度紧张，百分之二十的应聘者的目光四处游移。还有什么好说的，让他们走吧。每个人只有十分钟，而他们在前五分钟就输了。

我心悦诚服，应聘者的确已经输了。

想起一位公共关系教授，他曾经在课堂上问我们："你们看到过孔雀开屏么?"

大家说看过，很美。教授说："每人都要学孔雀，十分钟让全世界记住它的最美。"

那是《公共关系学》第一课时教授的开场白。

每个人像孔雀那样用十分钟展示自己的美，好像不符中国人的审美传统，我们喜欢相信"日久见人心"和"路遥知马力"。但在现代社会以分秒计算的时间里，你没有更多时间表现自己。

案头上堆满应聘材料的人事经理，需要在一天的时间里，面试上百个人，他的八小时平均分配给每个人，你只属于其中的几分钟。

流水线生产般的现代化工作程序，要求你解决每一个问题都要快，你没有时间说容我再想想。你说你的表现不佳，其实我可以做得更好，只是没有时间。可是，时间最公平，它不可能给你更多。

你很优秀，可是你要知道，你展露优秀的时间，只有十分钟，或许更少。

# 谈钱不伤感情

他是一家千人大公司的人事主管。这大半年来，他一直在忙一件事——招人。他说上个月公司招一个行政秘书，总共来了一百一十六人，"简直太疯狂了"。

我非常想知道他是如何从这一百一十六人中挑选合适人选的。他说，来的人太多了，公司先进行面试遴选，一下子淘汰了一百一十名。这激起了我极大的探究欲，怎么一个面试就可以淘汰那么多人？

旧同事说，面试的题目只有两道：一是简单介绍自己的优缺点；二是期望年薪是多少。回答第二个问题时，绝大多数面试者开始支支吾吾起来，有的说"按照公司的规定来办"，有的说"只要能招用我，工资多少我不在乎"，还有的说"我什么苦都能吃，工资无所谓"。

我说这些大学生说的是实在话，现在处于经济低谷期，找工作雪上加霜，不求工资，只求饭碗应该没错。但旧同事说，他们定了一条标准，凡是对年薪问题表达不清，只求千把块工资的人，一律淘汰。

这下我不明白了。旧同事说，假如你到商场买一台电视机，你的心理预期价位是两千元。但是售货员说，这台电视机可以一千元的价格卖给你，你肯定会怀疑这台电视机是不是样机，是不是经过了维修，或者是否存在缺陷。

从个人层面来讲，以一种"卖身"的姿态去求职，企图讨好对方，恰恰暴露了自己没有自信，没有尊严。从公司层面来说，任何一家公司都有自己的薪酬体系，任何一个新人入职，都不可能游离于薪酬体系之外。谈钱不伤感情，对薪酬无所谓倒是凸显对自己定位模糊，你认为这是求职路的一招妙棋，事实上可能是求职道路上的最大的、最致命的缺点。

# 不紧张

多年前我参加自考，认识了一位学友，每次考试前，总是神情严肃，过一会儿，就会跑进卫生间，我知道他非常紧张。

我也会在考试前紧张，但不会像他这样反应激烈。紧张源于对未知事物的恐惧，紧张是人之痛病，它可以让人词不达意，作出错误的判断，甚至致命。苏联就发生过这样一个故事，一位冷藏车的搬运工，到达目的地后，司机用餐去了。搬运工进入冷藏室检查，不料一阵风吹过，将冷藏室门反锁了。搬运工困在里面，他知道冷藏室里的温度可以达到零下二十多度，而且还会缺氧，他吓坏了……等司机用餐回来，发现搬运工不见了，大家找了很长时间，最终在冷藏室里发现了他，但搬运工已经死去了。

搬运工家属以谋杀罪将司机告上法庭，但调查结果是，当时停车后，冷冻机是关闭的，冷藏室的温度只维持在零度左右。搬运工是被自己吓死的。

对于紧张症的治疗，有一种著名的森田疗法，森田疗法是日本慈惠医科大学的森田正马教授在 1920 年创立的。这种疗法是森田正马教授从亲身经历中创造出来的。

森田正马从小体弱多病，他 12 岁时还尿尿，非常自卑。16 岁后，他又患上了头疼痛，而且经常心跳加快。读中学时，他成了一个"药罐子"，每天与疾病相伴，他整天对自己的健康担心。上了大学后，因为受病症的折磨，学业难以为继，每当临近考试，他就会感觉到抑郁，产生了自杀的念头。

但这个自杀的心路历程，让他峰回路转，他想自己连死都不怕，这些小小的疾病又算得了什么。他心态阳光起来了，并且增加了锻炼，后来多年缠身的各种症状不治自愈。森田感悟到，以前的病都是自己假想出来的，因为心理问题才导致身体每况愈下。

在医学上，紧张对于人的身体健康会产生致命的影响。多年前，刘翔北京奥运退赛曾让舆论大哗。时过境迁之后，如果反观这个案例，仍然具有科普价值。

作为这样的重要比赛，作为刘翔这样级别的运动员，对其身体状况不可能没有监测。当时的奥运医疗专家组成员、北医三院的田德祥大夫说，当刘翔进驻奥运村后，专家就对这位"国宝"级的运动员进行"特殊"体检。做核磁共振时，发现刘翔右脚跟腱有慢性劳损伤问题，但刘翔可以应战。跑第一枪时，紧张使得刘翔所患症状的疼痛骤然增加。因为现场气氛太紧张了，我们可以看到刘翔当时的表情很沉痛，可能是因为他的疼痛突然爆发，而我们无法上前诊治，也就没办法让他拥有心理缓冲的时间，结果就不言而喻了。

《思想的形成》的作者鲁滨逊说："恐惧来源于无知与不确定。"也就是说，紧张是你对于这件事情没有足够的把握度，中间就会以紧张代替，如果你期望值越高，把握度越低，你的紧张也就越大。所以医治紧张除了必要的自信、勇气之外，最为重要的是不断把自己置于模拟的情境中历练，增加自己对未知事物的把握程度，把握度越高，紧张情绪自然越少了。

# 721 法则

在菜市场里，熟食铺与菜铺的比例大致是 1∶20 左右适宜的。菜铺因为数量众多，大家都有生意，利润相差不会很大。但熟食铺就不同了，因为店铺数量有限，往往是此高彼低，彼高此低。

我原先居住的地方不远，有一个菜市场，最早市场里有四家熟食铺，后来减到三家，现在减到两家。其中一家生意一直火爆，经常看到这样的场景：一家门庭冷落，店主脸色阴沉；一家生意火爆，店主笑得满脸是花儿。两家店主的两种截然不同的脸色，经常给我造成心理压力，我会臆想有一天他们会不会情绪失控干上一仗。

在现代商业界，都流传着一个 721 的商业准则，即一个超级公司往往占据市场 70% 的份额，老二占据 20% 的份额，而剩下的 10% 由小公司们分食。

很残酷是吧，市场就是这样。这样准则同样适用于互联网产业，譬如搜索、社交、论坛等等，而且腾讯、百度把这个准则验证了。

"商业721准则"其实就是马太效应的翻版。对于从商者来说，"马太效应"是十分重要的自然法则。任何个体、群体或地区，在某一个方面获得成功和进步，就会产生一种积累优势，就会有更多的机会取得更大的成功和进步，而弱者的生存空间将越来越小。

过去的三十多年，中国经历了"制造什么就会大卖大赚"的时代，十几亿人口的需求就像海绵市场，但经过几十年发展，需求越来越扑朔迷离，利润率也越来越低，大家最后发现规模才是财富的通路。就像菜市场里的熟食店，当第二名不行，只有当第一名才有机会活下来，也才能赚更多的钱。

这种趋势这几年在经济领域一次次的上演，"滴滴打车"和"快的打车"合并是一例，"美团"和"大众点评"合并是一例，"携程"和"艺龙"的合并也是一例。

我想在各自居住的地域，每个人都可以从身边找出这样几个生动活泼的例子。每家公司都想当第一，都知道"721法则"的残酷，但双方都已经明白一个道理，当双方融资和市场占有率都已经到了很难打败对手的时候，而且可以预见即便双方面对面厮杀，也没有把握把对手放倒，那么抱团去拿第一名，不失为一种极为明智的选择。

商业需要忍让、付出、拼命，其实没有什么优雅、退让、高贵可言。商业可以讲情怀，但这是锦上添花，情怀救不了公司，在公司下行的时候，也许什么也不是。认同商业的法则，让自己活下来，要么自己去拿第一，要么与人合作一起去拿第一，这才是一家公司每天应该干的事情。

# 面朝大海

　　"洋气"这个词，来源于海洋；土气则来源于"陆地"。"洋气"是相对"土气"而言的，往往区分的是眼界的狭隘和宽广。如果眼界狭隘，就会传统、保守、内向，看上去气质不佳；而眼界宽广者，则会表现为新潮、进取、外向，看上去时尚有格调。

　　一个地方的人看上去洋气，根本原因肯定在于这个地方与外界有很好的连接性和互通性，生活在那里的人们能够更有利地与外界打交道，也能最早感受到外界的信息。反之亦然。一个地方的经济社会发展程度，追本溯源，原因大都在此。

　　一位移民杭州的重庆老人曾经对我说，他很小的时候，经常看到几层楼高的海轮停在重庆码头，码头附近的商铺里可以买到西洋烟和酒，还有咖啡。

　　当年我不相信，认为重庆通海轮是老人的记忆出了问题或是"脑补"出来的。后来翻了史料，才发现是我错了。当年的重庆根本不是地理教科书上所说的内陆城市，而是一个"沿海城市"，海轮通过长江黄金航道到达重庆，给重庆带去的不仅仅是海外的货物，还有海洋文化的连通。重庆变成真正的"内陆城市"是在20世纪50年代，随着武汉长江大桥的修建，阻挡住了海轮的通行，重庆就慢慢地在人们的印象当中成了一座"自成一体"的山城，一座西部欠发达的城市。

再来看中国东西部发展状况，与全球经济一体化发展趋势是相一致的，哪些地方与全球一体化经济连接性强，那些地方就发展得快；哪些地方与全球一体化经济连接性弱，那些地方就发展得慢。东部沿海经济的崛起，就生动地说明了这一点：无连通就无经济。如果一个地方没有"连通大海，融入世界"的格局，那么这个地方想要得到长远的发展是绝无可能的。

整个世界经济的格局其实就是从"陆地经济"走向"海洋经济"，一个国家也好，一个地区也好，一个人也罢，要充分认识"海洋"的文化意义，是"海洋"把世界上大多数国家连接在了一起，然后把各种文明糅合起来，相互影响，相互借鉴，最终它将影响国之大器。从这个意义上讲，如果把"海洋经济"理解为渔业资源、交通资源以及矿产资源，那就太狭隘了。

有位经济学家说，中国具有广阔的海岸线，如果仅从地理上说，中国可以说是一个"海洋国家"。但中国却存在一个客观事实，从北到南数千公里的海岸线，但良港不多。一个城市也好，一个国家也罢，即便四周沿海，若无港口，那也是"孤城一座"，再多的海岸线也是没有价值的。其次，中国在地理上背倚亚欧大陆，大陆腹地纵深，"大陆文化"对冲着来自太平洋的"海洋文化"，数千年以来，一直是"大陆文化"掌握着主导权，在以后相当长的一个时期内，它仍将影响社会的各个层面。

　　政治家也是诗人的曹操留下了《观沧海》的诗篇，他所勾勒的是大海吞吐日月、包蕴万千的壮丽景象，抒发的是胸怀天下的情怀。但他所说的"天下"，是陆地上的"天下"，而不是陆地海洋大格局之下的"天下"。面对时代滚滚向前的潮流，在全球化进程中，我们倒是要像海子的诗写的那样，面朝大海，才能春暖花开。

# 决定全部的 20%

一个公司里，往往 20% 的业务能产生 80% 的利润；20% 的人承担了 80% 的核心业务……这就是经济界普遍的"二八原则"。

但遗憾的是，很少有一家公司会进行反向思维：用 80% 的精力和资源投入到那些 20% 能产生 80% 利润的业务上，用 80% 的财力和政策去激励 20% 的人。

现在提起创新，绕不开华为。华为的确牛气，每年把销售额的 10% 作为研发资金，投入到技术创新之中。华为手机在短短几年内，以黑马的姿态杀入市场，赶"三星"逼"苹果"，靠的不是价格战，而是在硬件方面的技术积淀。华为是懂得"反向思维"的，它是在用超过 80% 的精力，投入到许多公司中只有 20% 不到的技术研发中，终于功德圆满，迎来收获。

我们小时候有一个叫"雀巢"的品牌非常有名，直到现在，说起雀巢我们就会与咖啡等同起来。当年电视、平面媒体上那句"味道好极了"的广告语，极为经典，我们这些喝大碗茶的"70 后"，被诱惑着去喝了苦苦的咖啡。

但雀巢是让人看不懂的，它在中国收购了大量的品牌，譬如"徐福记""银鹭"等，它的产品线也非常丰富，涉足食品领域的方方面面。但是恰恰对咖啡这一主业没有深耕细作。在当年物质短缺时代，"味道好极了"的"雀巢"可以风靡大江南北，但后来却没有迭代和更新，认为中国消费者永远处于经济短缺年代，不知道中国小资群体出现了，也不知道中产阶层正在崛起，他们喝咖啡不再为了解渴，也不再是低层次的享用，而需要一种"场景"，需要一种文化上的连接，于是，"星巴克"来了，"太平洋"来了。

"雀巢"的错误在于没有认识到它全部业务中的20%，需要投入80%的精力来做。而是将80%的精力财力，铺撒在不是核心业务的项目上。许多所谓的"多元化"的企业，大都稍有不慎就会犯这样的错误，把决定全部的20%业务给忽视了，甚至放弃了。

# 微妙的 "少"

    有位摄影记者，与同事相比，他的工作量是比较少的。而且一年四季，总会给自己安排一个假期到外面采风，日子过得从从容容。自然，他见报照片不多，而他的同事们非常勤奋，隔三岔五就会推出一个影像版。

    后来，这位摄影师的一张照片得了国际大奖，这可是全世界顶级的新闻摄影奖项了，他的名字风行全国。

    但有人说，如果单位年年给我那么长的创作假，我也有可能拿回大奖。仔细推敲一下，这话也不是没有道理。当繁重的工作任务占据大家大量的时间的时候，他却逃离工作，去干自己喜欢的事情，有了更多创作精品的时间，对其他勤奋工作的人来说，确实是不公平。但如果这个命题进行倒推理，却又是不成立的，如果给你一年甚至两年时间进行创作，你可以拿到国际大奖吗？

    "多"和"少"，真的极其微妙。但可以肯定的是，"多"并不能成为亮点，"精"才能脱颖而出。假如两个作家，一个写了一千万字，天天伏案创作，但终其老也没有令人眼睛一亮的作品。另一个只写了几百万字，但恰恰这几百万字成为经典。你说哪个成功，哪个失败？

这就是"少"的无穷力量。

现代生活忙忙碌碌，工作压力与日俱增。想"少"真的很难，但是，你心中必须要有一个"少"的理想，有些东西是否可以不要，有些工作是否不必事必躬亲，周而复始像复印机一样的生活是否应该有一个亮点？

如果让忙碌持续下去，就会大量消耗你的精力，你就会淹没在琐碎的工作之中，以致你没有时间去做更重要的事情。我们是不是应该统筹一下自己的时间，去做一件自己感兴趣的更重要的事情。就像挖井，你不能挖几锹就走人，而是集中一点精力挖下去，你才有可能如愿。

生命有限，工作无限。你的生命就像自来水笔的一滴墨汁，放在杯子里，可以染黑整杯水；但放在江湖里，就成了虚空。人生也是如此，要把不多时间用在更重要的事情上，让自己的人生产生一个亮点，没有亮点的人生，往往会乏善可陈，平平淡淡。

但不要指望你的老板会让你有更多的宽松的时间，你需要统筹、挤压你的时间，合理利用好你的时间，当你脱颖而出时，老板才会觉得你与众不同，才会给你更加自由的时间。

亮点会带来亮点，精彩会带来精彩，这样的故事实在太多太多了。

# 冷酷和温情

它是冷酷和温情的混合体。冷酷起来的时候，六亲不认；一旦温情起来，又如沐春风。

这就是商业。

讲个故事吧，我想知道西方美术馆史，在网上很快地就找到了"专家"——十多篇容量高达 5M 的文献，但我看到的只有前面几百字的介绍，如果想阅读全部，则需要付费下载。

这是冷酷无情的。

于是，我付了费。这些文献就全部下载到了我的电脑硬盘里，这么多这么全的资料，可以随时阅读和调取。更让人感到温情的是，网页上又自动为我检索了相关文献，一副"买一赠十"的姿态，那是多好的服务啊！

在商业时代，"付费"成了一扇铁门，门外是冷酷，门内是温情，你的通行证就是金钱。

金钱是迄今为止"最不坏的发明"。"逻辑思维"的罗振宇说，他要感谢金钱，如果这个社会不讲"金钱"，只讲出身，或是只讲血统，那么他现在应该在农村老家种田才对。正因为这个世界认同"金钱"（财富原则），他才拿到了一张"通行证"，打开了门，来到了城市，享受到了城市温情脉脉的文明。

古代的科举、现在的高考，都可以算作是"不坏的发明"，因为它留给所有人一个平等的机会，你只要通过奋斗，取得了这张"通行证"，你就可以进入较高的社会层次，这件事无论如何都是公平的。

我也抱怨过这个社会有点唯利是图，我也担忧人人开口闭口都是钱是不是过于冷漠。其实，"金钱的生态"永远不可能唯利是图，金钱自有它的规则和伦理，也有它的自我调适和自我革命。

商业社会其实是把资源量化了，任何一项商业服务的背后，都有一大批人在进行高度专业分工，他们付出了劳动。付费从伦理上来说是成立的，也是这个商业社会得以良性发展的必要条件。

在没有商业化的时代，如果我要寻找西方美术馆史的资料，我得花钱到新华书店或是图书馆里去寻找，一般来说县城里没有这样的书。于是还得花钱乘车赶到省城的书店和图书馆里去寻找，甚至托各种关系找到省城大学里的教授和专家，然后占用他们的时间才能获得我想知道的资料。而现在呢，我付了钱，消除了打扰省城教授和专家的"不安"，并且用了不到一顿快餐的钱，买到了别人几年甚至十几年研究的成果，这无论从哪个角度来看，都是一件非常划算的事情。

商业让我省略了大量资料收集、研究、归纳的时间，可以让我腾出更多的时间，投入到我最擅长的事业中去，我们越来越少地减少了对熟人的依赖。

　　商业的前半段看上去如此冷酷无情，而后半段却又是如此温情。不管你爱还是不爱，它都是这样的。只有认识它，了解它，你才会与它和睦相处，相得益彰。

# 大目标和小目标

这个老人来过中国，登上过长城，看过北京作为一座千年皇城的沧桑印记。

他并不被大众所熟知，但在诗歌界内，却大名鼎鼎。他的名字叫特朗斯特罗姆，瑞典人。他以一百六十三首诗获得了诺贝尔文学奖。用这么少的诗，摘得世界文学桂冠，这是真的。

更离奇的是，这一百六十三首诗，他整整花费了八十年的时间来写，慢得让人无法理解，慢得让人怀疑他是不是诗歌圈里的人。

当然，特朗斯特罗姆从来没有想过他能获得诺奖，这样伟大的目标对他来说，实在太遥远了。他只不过想写诗，想表达。他写长诗《画廊》竟然花了十年时间。如果换成别人，至少可以写出几本诗集。如果按照创作数量进行平均，他一年才写了一百多个字。

他的一位朋友到中国来，临行前告诉他，说一个月要写一本长篇小说。他听了觉得不可思议，这样"伟大的目标"，他想都不敢想，他说如果他也到中国来，一个月大概可以写一首诗。

这就是他的目标。

他的名言是"不是我在找诗，而是诗在找我"。他就像文学圈子里的姜太公，等着自己满意的诗上钩。而能够被他"钓"上来的诗，有用语言也无法比拟的美。

人生可以有很多大目标，但每天背着大目标上路，是不是太累了？不如分解到每年、每月和每天，那大目标全都成了小目标，有些小得甚至几乎不是目标了。譬如你要写一部长篇小说，那么小目标就是其中的一章、一小节或者一个字。

这就是特朗斯特罗姆的人生智慧。

这个世界上，大凡有所成就者，大都如此，他们举重若轻，不会让大目标压榨自己，而是把它放在远处观赏。他们会更加重视眼下的小目标，他们做的每一件小事情，都是有规划的，有条不紊。

当年老舍写《正红旗下》，他规划自己每天只写一千字，现在每天能写一千字的作家比比皆是，但是经年后，老舍成就了一篇史诗般的小说。而许多能写一千字的作家，又写出什么样的作品呢？

小目标并不"小"，就像一方精妙的织锦，用放大镜来看，每一针都平淡无奇，但织就后，却华彩夺目，让人叹为观止。

# 创业的囚笼

这是一个人人谈创业的时代，那我们怎么创业呢？是不是创业只要出发就可以了呢？

哈佛商学院是一所培养全球顶尖经理人的学院，它告诉学生"创业"是什么呢？

挣脱囚笼。

把创业视为"挣脱囚笼"非常有意思，西方人认为创业等同于把一个人投进了囚笼，看你能不能用高超的手段去"越狱"。而国内的"创业学"不是这样的，往往把创业成功视为"理想""坚持""运气"的产物。看过很多关于创业成功人士的采访或是书籍，无论是马云还是马化腾，或是李嘉诚和王健林，我发现这些书里有一个逻辑思维：他们从一开始创业就注定会成功的。

从激励创业的角度来说，这的确足够振奋人心。你看只要去做，你就有可能大获成功。

但创业并非那么简单。

创业真的就像哈佛所说，等于把一个人投进了"囚笼"，作为当事人来说，他无时无刻想的是，如何才能从囚笼中挣脱出来；作为当事人的家属来说，是如何动用各种社会关系把他"捞"出来。

我想这才是真正经历过创业的人的切身感受。

创业怎么会有诗情画意呢？有不少文艺青年或是文艺中年，大都会做一个美好的梦：开一家咖啡馆，成为老板，然后在霭霭的咖啡香中，会客看书，与相爱的人一起终老。

这还是创业吗？这是经济宽裕状态之下的"玩票"，除非你有上千万的存款，然后拿出上百万投资一家咖啡馆，你不指望它赚钱，这样你就可以在咖啡馆里会客和看书了。

而真实的咖啡馆经营是怎么样的呢？

必须找到一所具有幽雅环境的房子，要有中高档有格调的装修，要有自己独特的咖啡豆进货渠道和同样独特的泡制技艺，最后还要具备成熟的消费群……你要想开一家咖啡馆，等于把自己投进了"监狱"，你得把这些问题，一个一个地解决了，你才可以"自由"。

否则你每天就会为高昂的房租和人工成本犯愁，为咖啡豆的质量犯愁，为今天的生意不佳而犯愁……

创业是需要"成本"的，不能靠一腔热情，一鼓作气。有时候你越固执，越有热情，就越有可能血本无归。一个人真正想创业，就想象把自己投进了"囚笼"，你如何走出来？你把走出囚笼的方法步骤全部想好了，你再动手创业也不迟。

# 把握趋势

日本人孙正义，在风投界是个"神人"。因为多年前投资了阿里巴巴 2000 万美元，获得了近 2500 倍的回报，曾问鼎日本首富。

没有人能像孙正义这样好运。如果回到 10 多年前的场景，用理性和客观的视角去看这笔投资，投资界对他最好的评价仍然是"好运"。不要说孙正义，也许连马云自己，也没有想到他的网站会成为"商业帝国"。

真的，孙正义不过是把握了趋势。

但即便是把握了趋势，在当时错综复杂充满迷障的商业环境中，仍然是极其不容易的，他的决断力和冒险精神仍然让人敬佩，在全球风投界，这样经典的投资故事也是少见的。

就像购买彩票，你用概率算出了只要"包场"式购买就有可能中得大奖的趋势，但又有几人能投入巨款"包场"式购买呢？

苹果公司投资了滴滴打车，金额是 10 亿美金。有人认为库克很聪明，将来会大赚；也有人认为库克傻了，将来会血本无归。此外对于这笔 10 亿美金的投资，业界还有苹果市值下降，库克是用这 10 亿美金刷"存在感"的说法。

大家看下，投资真的是一件十分复杂的事情，结果到底是什么？要到几年甚至十几年以后才能揭晓。

孙正义当年不可能有百分之百的把握投对了人，库克现在也不可能百分之百地认为投资滴滴是正确的，但有一点大家都是认同的，他们都把握了当下的趋势。

15 年前孙正义把握了中国电商崛起的趋势，现在大致是库克把握了全球共享经济方兴未艾的趋势。

"趋势"才是他们做出判断的基石，然后就要靠"运气"了，这种"运气"其实就是项目运营者的综合能力，他们能否在恰当的时间，恰当的地点，用恰当的手段，非常恰当地站到那个"风口"。

商业成功，"运气"真的极其重要。现在有一种说法，如果剥夺了马云、马化腾、李彦宏的所有财富，一切归零，让他们在如今的商业环境中再次创业，他们还能不能创造出第二个 BAT？我想没有人会看好他们，因为创业的最好"时机"和"风口"已经失去了。

所以，把握趋势是走向成功的第一步，如果这一步都没有走对，那就什么都不要谈了。

十几年前，纸媒大行其道，有些都市报的广告部里，商家排着队伍来做广告，一个版面五万、十万随报社来开，而且还需要现金。那时西方传媒界已有预言，纸媒必走下坡路，网媒必然兴起，但有多少纸媒的老总认同这种观点呢？曾经有家门户网站，想到南方某都市报上做广告，但网站拿不出现金，希望能用网站股权来抵广告费，这家都市报就觉得这是一个笑话，当场拒绝。

这家网站的名字叫网易。

可是现在呢？

# 人情世故

乔布斯去世多年，还是时时有人提起他。关于创新，关于管理。前几年大家更多地关注他像老鹰一样暴戾式的管理，说乔布斯经常让产品工程师推倒重来，或者把工程师堵在电梯里"开骂"，说这样的产品不行。在相当长的一段时间里，许多人对乔布斯的印象是个偏执狂、一点也不近人情，虽然他创造了人类历史上的智能手机时代，但如果与这样的上司共事，那实在糟透了。

事实上，乔布斯根本不是这样的人。随着关于乔布斯的传记、文献和当事人回忆录的面世，乔布斯的形象反而立体丰满起来了。其实，乔布斯是一个极懂"人情世故"的人，他总是在最合适的时候，用最合适的手段，获得他自己想要的东西。乔布斯绝对是一个处理"人情世故"的高手。

有个"桥段"现在经常被人提起，关于"一张烤饼让乔布斯回归苹果"。当时乔布斯已被迫离开苹果多年，在另外一家公司开发了 NextStep 操作系统。而苹果 Mac 的 Systemos 已经很烂，自己又不可能研发出下一代操作系统，于是准备购买一个全新设计的操作系统，当时的苹果 CEO 阿梅利奥看中了几个操作系统，其中包括乔布斯的 NextStep。那么，乔布斯是怎么跟阿梅利奥谈的呢？

乔布斯竟然是把阿梅利奥请到了家里，这在西方说明这样的交谈是完全坦诚的，可以不设防的。乔布斯回忆录里说，当时阿梅利奥开的是一辆 1973 年版的奔驰轿车，乔布斯为阿梅利奥捧出了现烤的饼，还有红酒。两人就在享用烤饼和红酒的过程中，谈成了一笔 4 亿美元的收购案。

据说当时的场景是这样的，因为在乔布斯家里，气氛十分融洽。乔布斯开出了 5 亿美元的价格，阿梅利奥自然想还价。乔布斯却问，阿梅利奥那你觉得多少合适呢。阿梅利奥脱口而出，4 亿。乔布斯马上予以了追认。纵观整个谈判过程，虽然阿梅利奥是收购方，但其实一直被乔布斯主导，因为乔布斯洞悉了阿梅利奥的心理，并且充分利用家庭聚餐这样形式，让他收购了 NextStep，让自己重返苹果董事会。

一个偏执狂，一个暴戾式的管理者，怎么可能带领那样庞大的公司走向伟大呢？

关于管理的著述"汗牛充栋"，但这个经常被人提起，或许让人生厌的乔布斯，还是在告诉所有人，"人情世故"是一种方法，也是一种手段。

清朝的纪晓岚也是大家熟知的名人，他说过一个笑话。有位官爷娶了一个小老婆，每当他要与小老婆亲热的时候，屋子里就会出现"吱吱"的讥笑声。官爷非常害怕，请来了道士，道士作了法后，对官爷说，这是小狐狸精作怪，它们又不会害人。可能官爷很长时候没有祭请它们了吧。于是官爷用酒祭扫一翻，后来讥笑声再也没有了。

纪晓岚讲的这个故事，肯定是有所指的。人生在世，难脱应酬，人情世故不懂，那就时时处处有麻烦。即便大鬼不来，小鬼也难缠。只要懂得一点处理人际关系的技巧，懂得润滑，如同乔布斯那样，不少事情，处之泰然，就事半功倍了。

# 伪需求

一个公司如果靠选票选出一个"好领导"，往往会事与愿违。因为主持这场选举的人得到的选票，很有可能是员工的伪需求。

要让一个人选另外一个人当他的领导，他就会基于自己的利益产生各种各样的想法，但万变不离其宗，这个领导肯定是这样的：与自己足够亲近，对方当了领导，对自己有好处。

如果真的按票数来，那么惨了。往往会把一个"八面玲珑"的、"无能的"，但符合大多数人利益的人推到前台来。

这种投票是毫无意义的，它的"无意义"在于把员工伪需求当成了真实需求，把所有员工的道德觉悟十分天真地、人为地拔高到"天下为公"的层面。

在野生动物界就比较公平。猴群里，公猴要当猴王，两猴就得决斗，所有猴子在旁边观战，它们不会掺和其中。最后只有那只身体强壮、力量大，有战斗技巧的公猴成为猴王。

乍一看，猴群们都没有参与投票或站队，但这个结果，却是符合整个猴群利益的，因为它们得到了一个真正的"带头猴"。

在经济领域，我们也要注意利用类似的游戏规则，去除伪需求，找到真实的需求。

有一个古镇，向几千人发放了调查表，调查表里有这样一项：古镇里需不需要一个书店？结果有90%以上的游客选择了"需要"。于是，古镇的管理方投资了100多万元，购置了地产，然后又进了一批经典书籍，又雇了员工，把书店开出来了。本以为门庭若市，结果呢，书店门可罗雀，最后只得关了。

问题出在哪里了呢？

古镇管理方把游客的伪需求当成了真实需求，游客选择"需要书店"并不代表他真的需要书店，很大程度是一种下意识的选择，觉得书店是代表文化的，让古镇有文化自然是好的，如果一家公司把这样的调查结果当成真正的市场需求，那就惨了。

一位风投专家讲了一个真实故事。大概十年前，有家公司调查了许多工薪阶层，回到家后第一件事最想做什么。结果六成以上的人选择"能马上吃到饭"。于是，这家公司准备搞"净菜公司"，这样工薪阶层就不用去菜场了，也不用洗菜拣菜了；然后这家公司还准备招募大量的厨师，想在城里搞"厨师上门"定制服务。按这个逻辑，似乎"能马上吃到饭"的背后，是一个大到可怕的市场。

事实上呢，这也是一个伪需求，后来美团等大量外卖电商平台上线了，马上把"能马上吃到饭"的需求解决了，那家公司再回头去看，才愕然发现工薪阶层的需求根本不是"净菜"，也不是厨师，只不过是把饭马上送到面前。

伪需求往往打扮得非常美，如果一个创业者，一个决策者，被这些美丽的伪需求迷惑住，那就会陷入泥淖。无论是在用人上，还是在商业上，这样的惨痛故事还少吗？

# 选择跳过

现在新电脑上的操作系统都是自带驱动程序的，但老电脑不行。家里的老电脑系统重装，无论如何装不好网卡驱动程序，从网上一连下载了三个，每一次都提示缺少一个文件，安装条就停滞在那里，下面还有"跳过"和"继续"两个选择。

我想，选择"跳过"，网卡缺少文件不可能连网；选择"继续"，安装也不会继续下去。我到官网下载了一个正版软件，结果还是"故技重演"。我想应该是网卡坏了，于是到电脑店买了网卡，回家安装，仍然是"老方一帖"。

没辙了，打电话给电脑维修店，店主半个小时后就到了家里。

他看了我的系统，也像我那样装驱动，装了一半，那个缺少文件的提示又跳了出来。

我说："就是缺少这个文件。"

那人不说话，不知按了什么键，安装进度很快完成了。前前后后只花了二三分钟，连上网络，可以上网了。

我问他是怎么安装的，他笑而不语，说能用了就行了，收钱走了。但我很想知道他是怎么顺利安装的。我努力回忆他的安装过程，终于发现他应该是选择了"跳过文件"，而我竟然没有这样做。

　　人有时候也会遭遇这样的迷障，纠结于一时，纠结于一处，结果"人生的安装条"就停滞在那里了。其实，何不尝试"跳过"，把缺憾留在过去，让人生继续，一切就否极泰来了。

# 演　讲

　　一个座谈会，本来没有打算讲些什么。主持人突然走到我身边，轻声说："你能不能讲点，待前面那位讲完之后你接上。"

　　我急摆手，主持人说："随便说，无妨。"

　　主持人走了。

　　我脑子里一片空白，讲什么呢？我搜肠刮肚。很快，轮到我了。

　　有人在我的茶杯里续上了水，还有人为我拿来了话筒。我轻咳了一声，我开始讲话。

　　我不知道说了些什么，但大家在认真听，宽容地听。讲完后，大家鼓掌。而我竟然有了一种羞赧感。我觉得，像我这样的讲话，还能得到掌声，真让人汗颜。

　　很佩服那些在会议上口吐莲花的官员，有些没有发言稿，可以洋洋洒洒讲上几个小时，声音洪亮，不打任何疙瘩。

　　有一次我去杭州听一堂讲座，十分意外的是，主讲者之一是我的旧时校友。老同学在几百人的会场上，讲了半个小时的经济问题，赢得掌声无数。而我百思不得其解，这位同学的木讷是有名的，何以"摇身一变"成为风光无限的演讲者。

后来，与他接触，讨教演讲心得。他大笑，说自己讲的是专业，自然有话可说。二者这个课题他已讲了上百次，次次按照听众的需求进行修改，自然能有亮点。说到这里，他压低声音说，演讲者最重要的是准备，另外心态要放平稳，如果你没有足够的准备，语速一定要慢。你上台之前，你要把自己当成"上帝"，你是播洒阳光的使者，你的"权力"至高无上，而听众全是你的"粉丝"，这样你就能讲好了。

我越来越觉得老同学的话有道理。演讲与作文其实是一样的，要进入自我"状态"，要有思想，否则就免谈了。

前微软副总裁李开复说，有思想而不表达的人，就等同于没有思想。老舍也说，我们最好的思想，最深厚的感情，只能被最美妙的语言表达出来。若是表达不出，谁能知道那思想与感情怎样好呢？这是无可分离的、统一的东西。

那么，演讲是人生走向妙境的一个快捷通道。你掌握了，将会更快地进入了人生的美好场景。

有一位成功学演说者说，如果有一天神秘莫测的天意把我的全部天赋和能力夺走，而只给我留下选择其中一样保留的机会，我将会毫不犹豫地要求将口才留下，如此一来我将能够快速恢复其余。

# 创意城市

　　杭州自古以来是一个包容的、具有创意精神的城市。这种创意文化是根植于城市底蕴中的，而不是凭空产生的，与有些城市所说的不怕做不到，只怕想不到的"创意"是有区别的。

　　这十几年来，似乎每个城市都在挖空心思想创意，邀请专家、举行论坛、编制规划……不一而足，大家都怕落后了，不打出一个响亮的"创意口号"就没面子了。

　　如果以为创意只是一个想法，那就错了。创意不是想法，而是能产生巨大效益的"想法"。也就是说，创意必须根植于城市本身的文化、资源，并且借助这些文化和资源创造效益。但现在非常奇怪的是，不少城市造起了"空中阁楼"，提出一些与城市文化、资源明显不符的创意口号，还美其名曰"创意城市"，认为"创意城市"可以奇思妙想，只有想不到，没有做不到。

　　许多人会拿阿联酋的迪拜说事，觉得迪拜地处沙漠的不毛之处，既不宜居也不宜业，但阿联酋这几十年偏偏在沙漠之中造出了一个奢华城市，这简直就是一个阿拉伯神话故事。但千万不要忘记，罗马城不是一夜造成的，迪拜也不是。阿联酋70%左右的非石油贸易都集中在迪拜，迪拜在历史上一直就是阿联酋的"贸易之都"，同时也是整个中东地区的转口贸易中心。迪拜造城，并非空穴来风，而是凭借了天时地利人和。或者说，迪拜当年的资源，注定它会作出这样的选择，从经济规律角度来看，迪拜并非一个奇迹。如果你一定坚持迪拜是创意的结果，而不承认迪拜的资源条件：富可敌国的石油商人、繁荣的贸易经济等等，那么，咱们何不在新疆塔克拉玛干沙漠里也造出一个新城来？你肯定会说这是瞎扯。

自南宋迁都后，杭州在文化层面挤入"一线城市"，杭州的语言、城市建设、城市文化以及大部分的地名，均保留了当年帝都的痕迹。因为经济发达，人文荟萃，杭州在近千年前就有"上有天堂、下有苏杭"之称，这八个字是一个伟大的城市创意，但绝不是凭空产生的。这个创意给了杭州许多好处，也给杭州人赚了许多面子。现在杭州又提了不少创意口号："东方休闲之都""动漫之都"，打造国际化城市，所有这些"创意"，都是自然而然的。

且说"上有天堂、下有苏杭"这名号，不是凭空想出来的。把这句话第一次见诸文字的是元代的"奥尔都敦"，看这名字似是蒙古族人。他在《双调蟾宫曲·咏西湖》中写道："西湖烟水茫茫，百顷风潭，十里荷香。宜雨宜晴，宜西施淡抹浓妆。尾尾相衔画舫，尽欢声无日不笙簧。春暖花香，岁稔时康。真乃上有天堂，下有苏杭。"

"上有天堂、下有苏杭"于是流传开来。如果说奥尔都敦创意了杭州的"天堂说"，那么这种创意仍然是呼之欲出的一件事，这其实是一种总结，它非常切合杭州的文化、经济条件。

杭州在唐代就有几十万人口，到了宋代，杭州商贾集聚，通达四海，经济发达，人口达百万之多，与当时建康（南京）、苏州、泉州及扬州等，成为中国的大城市。而杭州尤以自然山水风光见长，宜居也宜业。奥尔都敦说杭州是"天堂"，那是有其切身感受的，而不是凭空想象得出来的。

现在我们的不少城市创意，就像一篇文章，明明就像懒婆娘的裹脚布，但一定要想出一个美妙的标题来，这岂不让人抓狂。事实上，一个美好的标题脱胎于一篇美好的文字，文章写得好，好标题就可以信手撷来。

再说四川的"天府之国"的名号，难道是诗人想出来的？那是因为秦太守李冰在成都建了举世闻名、万代受益的都江堰，使成都"水旱从人，不知饥馑"，从此成都一带被世人誉为"天府之国"。

创意城市其实是一件水到渠成的事情，切切不可盲目求快，不要为了追求眼前的利益，赶时髦，夸海口，过几年换一个口号，换一个方向，那会劳民伤财。"创意城市"这东西，根本急不来，它需要深耕细作，充分酝酿，一步一步，慢慢来。譬如杭州的国际化之路，G20峰会、亚运会将是全球瞩目的平台，为之助推，这样的创意就是创造，真的好风凭助力。

# 宽容失败

郑州有位研究生毕业不久的小伙子，因为求职受挫，跳楼自杀。他只留给弟弟一句话：我走了，你照顾好爸妈，我没能力。

我想这应该属于个例。

但在百度上搜索"求职失败自杀"这一词条，数量竟高达215万，看来这又不属个例。

那么多的新闻，看了让人窒息。文字是冰冷的，但冰冷文字的背后是一个个鲜活的生命，一个个破碎的家庭。只不过一份工作，何至于此？那么问题来了，我们为什么输不起？

参加过单位的招聘面试，曾有两次遭遇应聘者的"情绪崩溃"，一位是来自重庆的女大学生，当她说及自己坎坷的应聘经历和父母亲对她的希望，当场泪流满面，已无法正常回答问题；另一位来自浙江，谈及对找到工作的渴望，同样泪流不止。

作为一个旁观者，我可以站在"教育家"的角度来谈挫折教育、心理教育，但现实的生活，也许没有大家"输得起"的土壤。

一个人一旦失败了，就像一个人坠崖一样，直接掉到了地上，你想重新攀爬上去，你会发现，有利的位置全被人占领了。

人说我们的社会奉行的是"丛林法则"，"丛林法则"的残酷在于你要获得生存，势必要赶超身边的对手，否则你就会困在丛林之中；而"天空法则"是完全有别于丛林的游戏规则，那是天高任鸟飞的境界，这里小鸟有小鸟的空间，大雁有大雁的高度。那我们为什么走不出"丛林"？

我们也许应该这样看，对旁人来说，这只不过是一个岗位，但对于个体来说，却是生活的全部，而生活是现实的。

我有一个儿子，我曾经努力想给孩子一个"自由散漫"的空间，但最后班主任找我谈话了，说孩子这样下去，到了初中就不会有好成绩，没有好成绩就升不了好高中，没有好高中就考不上好大学，没有好大学以后就没有好工作……我非常感谢班主任，她说的全部是现实。

我是在孩子六年级的时候，开始像其他家长一样感到了空前的教育危机。

有位老乡，当过二十多年的领导职务。有时会到我办公室坐坐，他经常长吁短叹。说自己在位时，大家对他笑脸相迎，后来退居二位了，那些对他笑脸相迎的人换成另一种脸色了，他说世态炎凉，人走茶凉。

他年龄六十出外，该有的都曾经过，我觉得他对名利应该风轻云淡了，但他心里仍然"输不起"，"输不起"的是别人的漠视。也许他觉得自己从风风光光的领导岗位上退下来，人生就是失败了。这个挫败感，是这个社会"不能包容失败"的另一种映射，而不仅仅是老年人的心理调适问题。

宽容失败，更应该成为一种社会文化。如果仔细观察，大凡创新氛围浓厚的地方，往往更具有包容性。如果一个年轻人在家乡县城创业失败，很可能命运是就此消沉；但如果是在深圳、北京这样的大城市，失败并不那么可怕，还可能获得更多资金和人脉的关注。

美国"硅谷精神"一直被人津津乐道，"硅谷精神"最为核心的一条是宽容失败，"硅谷精神"倡导"失败是我们最重要的产品"和"宽容失败比创造成功更为重要"。

这样的理念，也许正是我们稀缺的。

# 向生物学习

办公室门口有一个盆栽，是株绿意盎然的树。清洁工阿姨有天早晨打扫卫生时，对我说："这盆栽要死了！"

我看着长得郁郁葱葱的盆栽，不信。

她说："刚才看到掉下二三张叶子。"我听后，就更加不信了，二三张落叶，不能判断它会死亡。

几天后，这盆栽疯似的掉叶子，真的走向了死亡。我佩服清洁工阿姨的判断。

植物走向死亡，最明显的标志就是从掉叶子开始的。如果一家企业走向死亡，那又是从什么地方开始呢？

有一家酒店，装修挺富丽堂皇的，口碑也不错。大概半年前，有一家人前往就餐，但莫名其妙地这家人与酒店里的服务员、厨师打起了架，最后惊动了警察。

半年后，酒店宣布歇业了。据说是经营不善，老板准备腾空房子出售这处房产了。一个盆栽的死亡是从几片叶子开始的，一家酒店或是一家企业，往往看几个员工的精神状态和所作所为就可以了。

《哈佛商业评论》有篇文章说，企业要具有生物性，并提出了"企业战略生物学"概念，认为生物圈儿和企业圈是一样的，生物的整个种群是一个复杂自适应系统，这个系统嵌入一个更广阔的生态系统中，而生态系统又嵌入更广阔的生物环境中。一家公司是一个复杂自适应系统，它又嵌入更广阔的商业生态系统中，该系统又嵌入更广阔的社会环境中。唯有领悟了生物圈儿的智慧，你的企业才能活下来，甚至活得好，活得久。

那么，一家企业该如何向生物学习呢？

生物最大的"昭示物"就是叶子，如果生物体上出现微小的异样，那必是"系统性故障"，绝非偶然。

三星NOTE 7手机电池爆燃事件曾经闹得沸沸扬扬。我想起搜狐公司CEO王小川说过的一个有趣的故事。

在福特汽车发展史上，出现一个"福特汽车冰激凌事件"。故事情节非常不可思议，美国有位车主，只要去买冰激凌，回到车上后，他开的福特汽车就打不着火了。

车主认为这辆汽车对冰激凌过敏，于是打了投诉电话。按照常理和常识，汽车厂商怎么可能会相信这"风马牛不相及"的两者之间会存在什么因果关系。但是，福特公司的一位技术工程师自告奋勇地去了，说他要陪客户买冰激凌，看是否会发生无法启动的故障。

结果，正如车主所言，他买了冰激凌回到车上后，车子真的打不着火了。这位技术工程师百思不得其解，几次验证后，他发现真正原因所在。

　　原来这辆汽车存在缺陷，如果熄火之后，三分钟之内打火，在发动机还处于高温时，它就无法启动。如果超过三分钟，它又可以启动了。而车主每次下车、熄火，购买冰激凌的时间都在三分钟之内，所以才出现了"福特汽车对冰激凌过敏"事件。

　　这位可爱的工程师成功发现并修正了汽车的一个缺陷，挽救了福特汽车可能存在的声誉陷阱。

　　这个故事同样告诉我们，一个奇葩问题的出现，往往是系统性问题的彰显，它在提醒你去深挖，可能存在更大的问题。当一棵树上，掉了一片叶子，你认为是再也正常不过的事，那么你就有可能要失去一棵树了。

# 心理激励术

有一种"心理激励术"因为用了一个特俗的名字，变得难登大雅之堂了，它就是"拍马屁"。

"拍马屁"这件事让人听上去真的不太体面，但它千真万确属于心理学范畴，并且是一种建立人际有效沟通的方式之一。如果你能抛开对"拍马屁"的成见，把它作为一种心理学意义上的人际沟通方法论，无论是上司、平级还是下属或者家人，试着去赞美对方，那么你的人际关系或许能春风化雨，暖风拂面。

卡耐基《人性的弱点》是一本风靡全球的自我教育和训练的书籍，书中讲的大都是作者成功后的感悟。出版后获得了全球读者的欢迎，是西方世界最持久的人文畅销书。无数读者通过阅读和实践书中介绍的各种方法，不仅走出困境，有的还成为世人仰慕的杰出人士。

但这本书最核心的方法论就是"心理激励术"，包括激励自己的，也包括激励他人的。而后一种方法论，就是我们经常说起的让人嗤之以鼻的"拍马屁"。

这种"心理激励术"之所以会背上恶名，"动机和目的"可能是一个分水岭，为一己之利，不择手段，有违人情道义和公序良俗，而且不顾客观实际，专门谄媚奉承、讨好别人的行为就是"拍马屁"，自然让人俗不可耐，面目可憎。反之，则让人觉得多多益善，反而会被人称之为情商高。

清乾隆年间有个大才子叫袁枚，他禀赋聪慧，而立之年就官拜七品县令。赴任之前，袁枚去向他的恩师尹文端辞行。尹文端问袁枚："此去赴任，你准备了些什么东西？"

袁枚说："我也没有准备什么，就是准备了一百顶高帽子。"尹文端听后，心里不悦，告诫道："为官一任，造福一方，到任上必须勤政务实才对！"袁枚于是说："恩师您有所不知，如今很多人都喜欢戴高帽子，而像您老人家这样不喜欢戴高帽子的人真是凤毛麟角！"

尹文端听罢，很是受用。

不得不说袁枚是一个情商极高的人，短短一段话，不仅赞美了恩师的高尚情操，非常巧妙地激励了恩师的清正为官作风，同时也表明了自己向恩师学习的心志和情趣。整个过程水到渠成，没有任何矫作，至今看来也是充满正能量的。

这样的"惺惺相惜"的心理激励术，倒是要多多益善，真的很难把"拍马屁"三个字安上去。但有些"拍马屁"，反倒适得其反，成为笑柄或是灾难了。

秦桧是南宋的大奸臣，此人堪称人精。他造了一个富丽堂皇的房子，百官前来祝贺。其中有一个叫郑刚的人，是四川的宣抚副使，为了讨好秦桧，能够尽快得到提拔，他特意制作了一块地毯。郑刚把地毯送到后，秦桧家人铺到地上，结果让人非常吃惊，这地毯竟然与空地丝毫不差。

这个"马屁"真的拍到了极致，郑刚定然花了不少心思，与秦桧家佣有过私下里的探听。但是秦桧非常不悦，他认为一个小小的官员，竟然能刺探到他家里屋子空地的大小，这太可怕了，那么他的隐私岂不也可以刺探到。可以想象到的是，这位叫郑刚的官员是再也不可能受到秦桧的关照了。

"拍马屁"是人人痛恶的，但善意的、不违背客观事实的"拍马屁"是不能躺枪的。那么什么是恶俗的"拍马屁"？什么又是一种"心理激励术"层面的"拍马屁"呢？我们可以用"拍马屁"这个典故来甄别。

拍马屁源于元朝，蒙古族人家家有马，人们牵马相遇时，常要拍拍对方马的屁股，摸摸马膘如何，并附带随口夸上几声"好马"，以博得马主人的欢心。可有的人不管别人的马是好是坏，一味地只说奉承话，结果把劣马也说成是好马了。

每个人都希望得到肯定与赞扬，但前提是言之有物，内心也没有太过功利的私利，而不是指鹿为马，违背实际，如果能建立在这个前提之上，主动去满足别人的心理需求，善于欣赏他人，鼓励他人，何尝不是一种与人为善的行为。

作家张小娴说："重量级的情话要轻得像一根羽毛，不经意飘落在对方心里，却正好搔着她的痒处。"情话如此，马屁亦然。"拍马屁"和"心理激励术"真的只隔了一层薄薄的纸，到底是恶俗还是艺术，就在于你是否拥有一颗纯净的初心。

# 用　心

　　煨汤足见厨师的用心程度，好不好喝，可以衡量厨师的耐心，以及对一碗煨汤质地的向往程度。

　　但品尝美味时，往往忽略了厨师的用心。

　　情爱也是如此。我们羡慕那些看上去美满的爱情和婚姻，但不会为那些用心追逐爱情的人点个赞。如果没有好的结果，"用心"岂不徒劳？

　　这段近代史上爱情故事，我觉得可以列入人类历史上的经典爱情了。中国著名的哲学家、逻辑学家金岳霖爱上了林徽因，可林徽因却和金岳霖的好朋友梁思成有了感情。梁思成对林徽因说，你还是选择金岳霖吧。梁思成夸赞了金岳霖的为人和学问。金岳霖听说后，却对林徽因说："看来，梁思成是最爱你的，我的爱比不上他的。"从此，金岳霖再也没打扰过梁思成和林徽因的感情，他终身未娶。

　　可贵的是，金岳霖并没有为这段失落的爱情恓惶，一生著作等身，德高望重，万人景仰。他虽然没有拥有爱情，但在心灵上却享有了爱情。因为用心了，"用心"才是爱情的核心，爱情始于它，也终于它。

人际关系也是如此，融洽还是隔阂在于你有没有"用心"。

这个故事发生在宋朝，主人公虽为万人所唾弃，但其间人性上的真义，却对大家有帮助。

主人公叫秦桧。一日秦桧将大宴宾客，蜡烛快用尽了，一位名叫方滋的经略史送来一箱。当晚用时，异香满屋，众人叫好。宴罢，秦桧过问这些蜡烛的来历，说有 49 支。秦桧奇怪为何不是整数？叫来送蜡烛的下人，下人答："方经略制造的蜡烛专为丞相所用，一共制了 50 支，怕效果不佳，送来前试燃了一支，又不敢以其他蜡烛充数，只好送来 49 支。"

秦桧听后心中十分舒服。

这个故事如果摒弃秦桧的恶名以及溜须之嫌，在人际上如此用心，也是一件让人如沐春风的事情。

想起小时候的曾祖母，她每每拾掇她的旧衣裳，清扫那间破败的小屋子，擦洗破旧家具时，我想必有访客了。曾祖母待客是用心的，她去世已近三十年了，现在我仍然会想起她，因为当年我目睹过曾祖母待客的用心，而客人都是无知无觉的。

# 知识的现实利益

小时候，这个故事曾经沉重地"打击"过我。

故事是这样的：财主家里有许多长工，财主看中了其中一位长工的漂亮老婆，他想除掉长工。但又不想亲自动手。于是他写了一封信，让长工送到与财主暗中串通的"山大王"那里去。

长工不识字，非常高兴地去了。走了几天，终于到了"山大王"的寨子。"山大王"接信看罢，马上叫来属下，把长工给杀了。

长工到死都不知道发生了什么。

这个故事是曾祖母当年讲给我听的。我就觉得这个长工"实在太笨了""笨到极点了"。

三十多年过去了，再来看这个故事，细思极恐。

知识无论在哪个时代对一个人来说都具有非常具体的利益。如果一个人对社会环境的感知能力下降，那么你的生存就会发生问题。如果不能够不停地掌握知识和更新知识，那是可怕的，最终将决定一个人能不能实现阶层的穿越。

中国人捣碎植物，提取了其中的纤维，甚至用腐烂的桃肉还有破旧的旧衣服发明出了纸，这样的伟大发明，是平民智慧的体现，但最终却又成了分化阶层的工具。"识字的"和"不识字的"，或者说"有文化的"和"没有文化的"，从此因为一张纸变得泾渭分明。

但这样的认知并不是每个人都能身体力行的。

一位在西南联大就读的老人说，抗战爆发后，家国破碎，他从天津出发，随学校南迁。当时他觉得国家都快沦陷了，读书还有什么用。但他的父亲告诉他，必须随学校南迁，无论走到哪里，只要一息尚存，就要读书，抗战需要有知识，将来抗战胜利重建家园也需要有知识。

西南联大后来的故事我们都知道了，它保存了抗战时期的重要科研力量并培养了一大批优秀学生，为中国以至世界的发展作出了贡献。因其成就显著，具有"内树学术自由，外筑民主堡垒"之美誉。

知识到了现在这样的信息时代，不再是平面化的，而变得立体和复杂。几十年前，我们可以称呼一个大学毕业的人"学业有成"，现在绝对不可以这样来定义了，学习已经终身化了。不信可以试试，把一个人与世隔绝几个月，他可能就跟不上这个世界的节奏了。

这一切的改变就是从传媒的介质变革开始的。以前知识的传播主要靠纸。中国纸没有发明之时，西方把自己的生活智慧和经验写在动物的皮上，羊皮是最多采用的，于是西方习惯把传统典籍称之为"羊皮卷"。中国纸由阿拉伯传入西方世界后，成为西方文艺复兴的一个重要变量。因为廉价实用的纸大量采用后，更多的思想得以广泛传播和碰撞。然后是广播电视，十几年前网络时代来了，而现在是"万物皆媒"，传媒的概念已经重新定义了。

这也决定了我们的学习方式的变革，学习不再是一本书，一本证或是一场培训，学习变得非常复杂和立体。现在什么是"学习"？应该是你处在场景中，有没有一种让你学习的欲望。如果你在一个单位里，你连学习的压力和动力也没有，那我可以肯定地说，这是一家没有任何前途的单位，然后你也有可能沦陷进去。

人的淘汰，首先是从知识开始的。三十多年前我曾祖母讲的那个故事，直到现在仍然有现实意义。

# 悲伤的裁缝

她做的是服装定制生意，近十年来真的不错，购大套房，开大"奔驰"，通过自己的手艺跻身于较高的社会阶层。

她的业务流程是这样的：在店里展示最流行的款式，然后根据客户需要"依葫芦画瓢"复制出来卖给客户。她有十五年的裁缝经验，对各种体形的客户有自己的"心传"。

但是去了一趟上海科技馆后，她觉得"整个人都不好了"！她说她在上海科技馆里看到了服装业的未来，也许时间不需太久，像她这样的裁缝会被一种新技术取而代之。

她很悲伤。

这种叫裁缝悲伤的新技术叫"全息测量"。一个人只要站在测量仪前，几秒钟就可以精准地测量出衣服、裤子所有的数据，并且可以精准计算出一件衣服每个部件的大小。而且更为可怕的是，这台人工智能机器积累了海量的大数据，它可以在几秒钟内给你"制订"出最佳的着装方案，并可以在几个小时内就给你生产出来。

本来一位出色的裁缝最引以为傲的东西就是"经验"和"手艺"。但"经验"在强大的计算机面前太渺小了，一个人积累经验需要十年甚至二三十年的历练，在"阅人无数"后，才能总结出有用的经验。但是机器不需要，只要输入累积下来的数据，几秒钟后这台机器就具备了人类需要几十年积累的"经验"，而且机器的"经验"可以比人类多上成千上万倍。

再来说"手艺"。除了文学、书画等以人脑的主观能动性为主的行业外，在非常广阔的领域内，人工智能机器已经远远超过了人类。我看到一段让人惊讶的小视频，这段小视频拍摄于离我居住的地方只有三十公里的一个名叫"云栖小镇"的地方。在一个厂房内，几十个通信基站构成了一个5G网，里面高速行驶着各种无人驾驶汽车，它们在里面超车、变道、避让等，精确无误。当我们还在为"特斯拉"汽车无人驾驶技术频出事故吐槽时，其实我们还应该想到，只要等待信号技术、物联网技术升级，无人驾驶必然会超过人工驾驶，"特斯拉"偶发性事故将越来越少。

一位技术娴熟的司机需要多年的实际操作，在驾驶时还需要保持高度的清醒度和判断力，但人工智能不需要，控制汽车行驶的是性能强大的各种感应元件和电脑中枢，我们人类驾驶的汽车最多可以判断100米内的情况，但智能驾驶可以通过卫星遥感技术、物联技术、感应技术等等判断几公里范围内的各种情况，并作出最合理的精准驾驶动作。

美国有一位作家名叫库兹韦尔，他被盖茨称为"预测人工智能未来最权威的人"，在美国他拥有13项荣誉博士头衔，他提出了一个奇点理论：他认为，大多数人对未来技术的预测，都低估了未来发展的力量。20世纪人类所取得的成就，等同于过去2000年发展所得到的成就。人类从狩猎时代到农业时代用了十几万年的时间，从农业到工业时代用了几千年，而从工业时代1.0机器制造时代到2.0电气时代，再到3.0自动化时代只用了200年时间。他认为人类文明创造技术的节奏正在加速，它会在某一个"奇点"出现后出现指数级的爆发式增长。如果我们固执地认为人工智能会像以前的新技术一样，需要一个漫长的发展过程，那就大错特错了。他的预测是在21世纪行将结束的时候，人类智能中的非生物部分将无限超越人类智能本身。

曾经担任过美国总统肯尼迪顾问的沃伦·本尼斯说，未来工厂只有两名员工，一个人和一条狗。人的职责是喂狗，而狗的任务是让人不要碰机器。因为机器可以胜任一切，不再需要人来打扰。

几十年前，觉得这是一个笑话。而现在，你还会觉得这是一个笑话吗？

# 世上最难的事是什么

海尔集团总裁张瑞敏说："什么叫作不简单？能够把简单的事情天天做好，就是不简单；什么叫作不容易？大家公认的非常容易的事情，每天非常认真地做好它，就是不容易。"

的确，这个世界上许多很难的事情，恰恰是我们认为最容易的事情。譬如说话，每个人都会，但要说好话就难了。很少有人会对自己的口才沾沾自喜，因为说话真的是门高深的语言哲学，没有最好，只有更好。

百度百科将口才进行了明确定义：在口语交际的过程中，表达主体运用准确、得体、生动、巧妙、有效口语表达策略，达到特定的交际目的，取得圆满交际效果的口语表达的艺术和技巧。

那么，问题来了。如果口才只是一种艺术和技巧，是可以训练的，那么会不会忘了初心呢？

哲人说："嘴巴可以用来吃饭、骂人、接吻等等，一个人张口说话时，谁知道它在执行什么功能。"嘴似乎天生就很复杂，眼睛只有看的功能，耳朵只有听的功能，鼻子只有嗅的功能。而嘴，偏偏有那么多的功能，由它吐出的每一个字节，可以伤人无数，也可以让人春风十里。

有个寓言，国王问他的大臣，世界上最难的事情是什么？大臣们绞尽脑汁给出一个答案：说话。

是的，说话是世界上最难的事情，不知有多少人因为说话错失了机会、财富，结下了恩怨仇恨。

儒家说，一个人的祸福，要看他谦虚还是骄傲，能不能管住自己的嘴。看看现在的朋友圈，各种各样的"晒"。其实炫耀什么，就要小心将来失落的地方在这里。你会说炫耀也是诚实的，又没有夸张，为什么不可以？然而，因为你用自己的骄傲，伤害了别人心中的骄傲。炫耀漂亮，就要小心以后漂亮被破坏；炫耀有钱，就要小心以后富有被破坏……

可是，我们都不承认自己说话有问题，也不承认语言是一门一辈子需要修行的艺术。

几百年前，有个人问几个正在建筑工地上劳动的工人他们劳动时的感受，第一个工人说："我正在搬砖。"第二个工人说："该死的砖，我实在太累了。"第三个工人说："这砖太重了，可是这是在建筑教堂，我感到多么荣幸。"

三位建筑工人是一样累的，而第三位在埋怨的同时，只是加了一句话，但这一切都改变了。

还有个笑话。教堂中有一个信徒问牧师："我在祷告的时候可不可以抽烟？"

牧师说："当然不能。"

另一个信徒也问牧师："我随时随刻祷告，譬如一边走路一边祷告，一边抽烟一边祷告？"

牧师高兴地说："当然，上帝保佑你。"

你看，说话有多重要。

世上最容易的事情是什么？是说话。世上最难的事情是什么？同样是说话。把最容易的事情做好，我们真的可以称之为世界上最难的事。

# 需求的力量


英雄凯旋时，最好伤痕累累，还要带点疲惫的神态，这样就很配。

其实这是一种"双向需求"，英雄、观众（上司）都需要，伤口在合适的时间、合适的地点出现，你想象一下，这个场景多么的好！而如果没有，那战绩更大的凯旋，也会略逊几筹。

需求很微妙，藏在人性深处，生生而不息。

在旅行箱市场中，有一个叫 RIMOWA 的品牌，一般在大超市里都能买到。这种旅行箱是铝制的，非常容易因磕碰导致刮花、凹陷。但是，就是因为这种特性，这种旅行箱在市场上大卖。因为旅行箱上的伤痕，往往被人潜意识地解读为主人经常外出旅行，代表的是一种生活态度。

这真的是一个非常奇妙的产品。如果你到机场观察一下，用这种铝制旅行箱的往往是都市白领，还有不少明星。

依云矿泉水现在似乎不那么高高在上了，超市里七八元一瓶的也有了，与许多中国品牌差不了多少。但在十多年前，依云矿泉水很"牛"，高则二十多元，低的也要十五六元。但在中国曾经非常好卖。

为什么？

还是人的需求。国门洞开之后，刚刚富起来的中国人崇尚欧美人的生活，而依云的广告渲染的也是欧洲贵族生活。

随着走出国门的中国人越来越多，很多到法国旅行的人发现，依云国外卖得并不高，也并非欧洲贵族们享用的水。

但没关系，依云通过十几年的运作，已在中国站稳了脚跟，而且它要比许多中国品牌都懂得消费者的心理，接下来的高端水之战，到底谁能笑到最后，还是一个未知数。

谁能触摸到了真实的需求，谁就能摸到对方的钱袋。这在商业社会中是一条亘古不变的真理，大家拼的是，你比别人有没有更早地感受到，有没有以更快的时间去满足它。

浙江嘉兴有一家公司，生产的是智能睡眠床，它可以监测人的心跳、脉搏以及睡眠情况，并可以根据人的睡眠情况自动调整床的高低和角度，这家公司是世界最大的智能床生产商。这家公司为什么去生产智能床，源于创业者朋友妻子的去世。

这位创业者的朋友是德国人，他的妻子因为在睡梦中心脏病突发，悄然去世。但让人遗憾的是，丈夫却浑然不知，直到早上醒来，才发现爱人已经去世了。

而他正是从德国朋友的爱人的突然离世中得到了启发，可能我们需要一张能够守护睡眠的床。

这种智能床在崇尚生命健康的欧美一炮打响，去年的销售值达到 200 亿元，覆盖了美国三成以上的市场。

所以有人说，最极致的商业主义，其实是实用主义，而不是理想主义。在成功者的词典中，也许根本没有什么理想主义。理想有时候是假的，是脱离了人的真实需求的，那么再好的理想，也会从高处坠落，体无完肤。

需求的力量非同凡响，也非我们所能想象，那是一种可以开天辟地的洪荒力量。

# 低水平勤奋

一位在初中当数学老师的朋友告诉我，他班里有个男孩，初一就开始自学初三的课程，每次考试都是班里第一。平时也不见得他有多勤奋，作息时间也跟大多数孩子一样。

朋友说这孩子有学习天赋。

虽然爱因斯坦说，成功是99%的汗水加1%的天才。但我还是相信，同时也经大量科学实证，天赋对人的影响是非常巨大的。天赋不同，同样的付出，得到的结果将悬殊到令人诧异。

教育是不能渲染"天赋说"的，应该说的是勤奋、专注和自律。而确实也是如此，一个人如果勤奋、专注和自律，通过自己的努力，的确可以在学业、事业上取得成就，这也有大量的科学实证。

那么问题来了，我们需要什么样的"勤奋"和"专注"？

我的切身体验是要摒弃"低水平的勤奋"。话要从我的高考经历说起，当年高中文理分科，我学的是文科，历史教科书有六本，我几乎能把六本历史教科书的内容背下来，并且熟稔到哪句话在第几页。应该说这样勤奋到连教科书的"边边角角"也背下来了，考个高分应该没问题吧。结果高考成绩出来，只考了76分。

这个高考成绩是我最遗憾也是最不甘心的，因为花了我很大的代价，付出很多的时间，但没有取得预想中的成绩。

我的经验教训是，没有把知识点融会贯通起来，我最大的问题是没有把历史知识放到当时的社会历史现象中，也没有放到世界格局中去理解，这样自然得不了高分。

我的高考已过去了二十多年。但我对高考历史成绩败北，一直耿耿于怀。我现在经常对孩子说起当年我那么勤奋却考76分的故事，提醒孩子要注意学习的实效，不要重复那种"低水平的勤奋"。

但事实上，"低水平勤奋"一直困扰着我。譬如读书，花了很长的时间，阅读完一本书，放下书本，总是发现脑子空空如也。几天后，只模糊记得书本中几个片段，再过几周，什么也没有留下。再翻翻书本，看看里面的章节，似曾相识，有些还能记起来，但却已陌生了。

我不是说阅读书籍没用，而是说从付出和获得的比例来说，这是失败的，我觉得自己有很多年陷入了"低水平勤奋"的陷阱，而且没有什么破解之道。

后来我改变了读书的方法，在书上划线，写只言片语的笔记，然后摘抄，甚至逼迫自己写一篇千字以上的读书随笔，这四种方法提升了我的阅读深度，但时过境迁之后，仍然遗忘得快，觉得很多书籍，对我帮助不大，也没有在某种学识上有所"精进"。

也是机缘巧合，直到阅读了一册科学类书籍《信息简史》后，我突然意识到，在人类历史进程中，信息与知识是有巨大的区别的，信息是过往烟云，而知识是驻留心灵的，只有那些能改变你行为的信息才是知识。

我们犯的错误在于，总是把信息当成了知识，以为看过了很多，记忆了很多，知道了很多，这些都是知识，事实上不是。你接收到的信息是不是"知识"，唯一的判断标准是，这些信息有没有促成你改变自己的行为，而且还要看有没有产生新的结果。如果看了很多很多的书，结果无论是在生活中，还是在工作上，还是老方一帖，没有任何的触动，也没有任何的改变和提升，那么这样的阅读是无效的，你的阅读时间也浪费了。虽然你看上去比别人"爱读书"，也比别人"勤奋"，但却是"低水平的阅读""低水平的勤奋"。

人的差异，其实就是从这里开始的。

每个人都知道，人的学识和能力的提升，始于学习和积累，但最终掉进了"知道主义的陷阱"，没有往前再走一步，问一问自己有没有增长了见识，有没有帮助我解决了现实中的问题。

人到中年才体悟到这一点，有点迟，但还来得及。

# 技和艺

　　会写字，未必能写出美妙的诗歌；会唱歌，未必能绕梁三日余音袅袅；会说话，未必能洋洋洒洒富有感染力……

　　技和艺之间有一道鸿沟，这道鸿沟是由时间、学识、领悟、升华等等词汇构成的。

　　在广西阳朔看"印象漓江"现实场景剧，剧中有"渔夫捕鱼"的场景，看上去很美。但这是经过艺术化提炼的。张艺谋在排演时，只不过提取了枯燥劳作的打鱼生活中的某几个动作和片断，而且经过了"舞台化"的设计。

　　有一年在贵州安顺农村看傩戏，据说参演者都是本村傩戏传承人，他们有的已经表演了五六十年了。应该说，在"技术"层面已到了信手撷来的地步了，但说实话，在现场看，真的"不太好看"，无论是配乐还是形体等都不够美。后来在央视三套上，看到专业演员表演的傩戏，就完全不一样了。

　　民间有大量原生态的舞蹈、祭祀仪式以及手工、绘画等历史遗存，但能称得上"艺术"的其实并不多，但也并不是说"艺术水准不高"就没有价值，相反它们的"文物价值"要比"艺术价值"溢价成千上万倍。

由"技"到"艺"真的是不简单的，兵马俑、编钟、金缕玉衣等等，像这样从"技术"升华到"艺术"又得以遗存下来的毕竟寥若晨星。技术和艺术之间是一个金字塔形状，艺术就是那个塔尖，而技术是塔身。

中国书法是华人世界特有的艺术，10多亿人能写字，但能成为书法家的又有多少呢？大量习练书法的人，历经数年甚至十数年，能把字写得好看，但称不上是艺术。因为书法艺术往往是"精妙的书写技巧""深厚的人文修养""激情的艺术构想和创造"的结合体。古人说"进技于道"，说的就是要突破"技"的层面，达到一种艺术创作的精神境界。

就像书圣王羲之创作《兰亭序》一样，这是酒后信手拈来的作品，却达到了极致的精神和书法艺术境界。又如黄公望的《富春山居图》，画中画了不到10个人，每个人在画里的布局都是十分渺小的，"渺小"到需要努力寻找才能找到，这体现了黄公望心目中"人与天地"的关系，再看它的布局，这幅画通过浓淡、干湿、轻重、顿挫的绘画技术画出了富春山水，其实你会发现，那些顿挫其实就是生命里的困顿和挫折，传达着作者的情绪。对《富春山居图》颇有研究的台湾学者蒋勋说："文人最重要的不是画画，而是生命的完成。东方艺术就像一场长跑，它不在意作品有多少，在意的是能否在自己的作品里，把一生所有的喜怒哀乐全部传达出来。"所以《富春山居图》被称为"画中之兰亭"，是文人画之集大成者。

而黄公望之所以能画出这样精绝的作品，与他融会当时的绘画技术，贯通自己的坎坷人生，注入自己的人生体验直接相关，这是一个由技进艺，再悟出道的过程，在他年已七旬的暮龄里，终于在富春江边进入了他的自由创作境界。

　　有人说，人类文明的发展史其实就是一部技术发展史。人类之所以在洪荒世界中战胜其他动物成为主宰，是因为人类懂得了"钻木取火"技术，因食用熟食所以才进化得比其他动物强大和智慧。先不论这种观点的科学性，但"钻木取火"的过程就像"从技到艺"的升华过程。我做过"钻木取火"的实验，如果你没有坚持和技巧，即便你累得气喘吁吁，你也不可能取到火，不信你可以试试。而艺术就像"钻木取火"一样，历经充满渴望的痛苦劳作，在持续不停歇地钻磨中，终于达到一个点燃木头的温度，那一刻，世界都点亮了，作为灵长类人类的前途命运也点亮了。

# 一个轮子的哲学

轮子是一个极其伟大的发明。

它改变了人类两只脚行走的方式，而且让人类离开了泥土和砂石，以更舒适、更快捷的方式到达目的地。

这种变化扭转了人类历史的进程。在轮子发明之前，一个人从某地到某地，需要用两脚来定义；人类搬运东西也只能依靠人力和畜力，比如茶马古道和丝绸之路，都是脚夫、骡马、骆驼用脚走出来的。

没有轮子的年代，人类实在太艰辛了，靠扛、挑、担或背，人其实是畜化的人。

有了轮子之后，一切全部解脱了。

据说轮子的发明是从一种叫"橇"的原始工具开始的，"橇"就是人们在圆木上放上重物，然后推动圆木，让其滚动起来，从"移动"到"滚动"……轮子时代就在那一刻诞生了。

人类历史也在那一刻滚动起来。

你看啊，这个社会哪能缺少"轮子"呢？汽车的车轮，飞机的涡轮、轮船的螺旋桨、机床的转轮……还有啊，你家里使用的电风扇、电吹风、电动剃须刀……

如果没有轮子，这个世界就会像钟一样停摆。

转动，不停地转动；重复，不停地重复，这是轮子的运行方式，这是物质层面的轮子，它改变了这个世界的形态，让这个星球成了轮子上的星球。

还有一种"轮子"存在于精神层面，人类的生活还有人类的文明，无不以后人继承先人的知识和智慧的方式得以延续和发展，这同样是以一种像轮子转动的方式滚滚向前。

那些时时处处存在，形形色色的不停转动、看似徒劳无功的轮子，有没有给你带来思考和联想？

许许多多的人，都经不起对生命意义的拷问。但无论你在何方，处于何种阶层，都不要轻易地下这样结论：生命是一场没有归途的旅程，是从光明走向黑暗和寂灭。

真的不是这样的。

你的生命，你的劳作，你的辛苦……一切都是值得的，就像一个轮子一样，看似在不停重复，没有任何意义，其实承担着历史向前的使命，它的每一次转动，都在开天辟地。

讲个故事吧。

有个石匠，揽到了一份活，工钱很低，为了生计，他勉强接受了。他按照主人的要求，终日在凿一块巨大的石头，他觉得这种工作无聊透顶了。

主人看到石匠终日无精打采的样子，问："你知道你是在凿什么吗?"石匠说不知道。

主人说:"你是凿一尊巨大的佛像,多年后,你的作品将接受万万千千的人,世世代代的膜拜!"

石匠大为震惊,觉得自己的态度辱没了这项神圣的工作,他面对那块高高耸立的巨石跪地不起……

这个故事告诉我们,一个人活着,最最要紧的是要有格局,要有信念。格局就是你的世界观,信念就是你的方向。只有这样才不会轻视你的劳作,还有这个世界上那么多普通人的劳作。唯有如此,我们才会认同,无论哪一个人的付出,才会有别样的意义。

# 职业禁忌

人们印象中的美国影星梦露的形象，就是那张在地铁口起风后，捂住白色裙子的照片。其实梦露自己最喜欢的并不是这张，而是一张浅靠在绣花大床边抚花而笑的照片。梦露经常赠送影迷和亲朋，在美国还印成了明信片。

拍摄这张照片的人叫西塞尔·比顿，他是一位英国人。他因为参与拍摄社会名媛、贵族女子迅速在摄影圈内走红。20世纪20年代，他转入时尚界，开始为模特、影星拍摄。这些巨量级影星中，除了梦露，还有赫本、嘉宝。

比顿的事业如日中天。

但是，他从来没有想到有一天自己会接不到活，别人会诅咒他是一个卑鄙小人。

事实上，他却不是，他不过是一个心直口快、胸无城府、不拘小节的人。

当年，伦敦有家报纸编辑找到他，希望他提供一些他与影星之间的故事。比顿觉得这是一件小事，完全可以满足他。他便把与影星嘉宝交往的一些文字给了报纸，这些私密文字刊发后，引发轩然大波。

嘉宝认为自己的隐私暴露在大众的视野中，自己的精神遭受到了很大的损害，一向温婉的嘉宝向他发出了严厉的谴责。

而最大的麻烦是，不少女星个个自危，因为她们不知道比顿在什么时候，会将一些未经她们同意的照片或者文字公布出来。

而比顿显然没有意料到自己的一个小小失误，会给自己带来灾难性的后果。

"嘉宝事件"后，他的声誉一落千丈，他与女星们长期建立起来的那种信任关系被彻底打破。

比顿的失败，他的朋友曾经早已料到。比顿的一位朋友说，他经常意气用事，口无遮拦，因为他是摄影师，看到的并不是影星最美好的一面，于是他会在一些场合曝一些公众人物另外的一面。他曾告诫比顿，这样做的结果是将自己的职业推向悬崖边缘。

但比顿显然没有意识到。

其实，人在职场，首先要考量的一件十分重要的事，有什么东西可以中止自己的职业，是冒犯权威、违反职业律条、违背信诺……应该给自己列一张明细表，时刻要告诫自己，不能越雷池一步。

知道美国的格林斯潘吗？他曾任美国第十三任联邦储备委员会主席，他也曾多次访问中国。他一直被称作"经济学家中的经济学家"和"大师"。他在任时所做的每一个决定，都影响着世界经济。甚至有人说："格林斯潘的一个喷嚏，世界都会感冒。"

格林斯潘深谙此理，他面对公众说的话，总是模棱两可，让人找不着北，即便是财经资深人士也很难理解格林斯潘言论中的真实意图。于是，一些财经记者会使用长焦镜头，待在美国联邦储备委员会大楼前，看到格林斯潘出来，就会不断拍摄，然后他们放大格林斯潘的表情，是高兴、轻松还是郁闷、痛苦，来分析格林斯潘主持召开的那个会议的结果。

但令人遗憾的是，格林斯潘总是面无表情。

卸任后的格林斯潘说，我知道自己处在一个什么位置，我不允许在公共场合拥有自己的思想和表情，我必须这样，因为我的言论或情绪，会让股市下挫，工人失业，甚至影响家庭主妇烹饪晚餐的心情。当我知道这些，我还会那么乐意地表达自己吗？

# 讲故事的能力

大家都喜欢听故事，也喜欢有故事的人。一个人的身上没有故事，那就会平淡无奇。

要记住一个人，了解一个人，宣传一个人，关于他的几个故事就行了。古往今来，无数名人志士的名字能流传下来，就是因为他们有故事。假如这些名人没有"故事化"，其传承力就会大打折扣。

譬如我们要想了解苏联的社会状况，可能要去图书馆翻阅大量的史料，但如果去看看作家契诃夫讲的故事，就能管中窥豹了。契诃夫讲过一个《小职员之死》的故事，就非常有意思。这个故事是这样的，一个小职员因为不小心打了一个喷嚏，溅到了一位官员，小职员因为惶惶不可终日，最后竟然吓死了。这样的故事实在太生动太深刻了，也让人对当时这个国家的社会状态有所了解。

在书店，《××的故事》之类的图书总是推陈出新，有的一版再版，销量还不错。人们就是通过这样一个个的故事，口口相传，润物无声，生生不息，发挥着"故事"的文化传承作用。

我老家宗族自元代以来，文官武将辈出，至清朝嘉庆年间，集聚性地出现了一大批诗人，一时引领当地文风，而且村落一直富裕。

我的这些先祖是如何营销自己的村落呢？他们讲了这样一个故事：

村里有一个善良的年轻人，上山砍柴之际，看到一位白胡子老人奄奄一息，年轻人将自己所带水和饭团给了老人。老人吃饱后，突然化作清风而去。此后，每家每户都发生了一件神奇的事情，生火做饭的柴火，化为炭，到了第二早上，这些木炭都变成了金条。

这个故事我小时候经常有大人讲给我听。

一个村落能富裕起来不可能是这样的原因，但先祖们显然是特别能讲故事的人，而且是一个神话。

讲故事是人类社会最重要的事情。日本是一个特别善于讲故事的国家。他们用动画、动漫的形式，包装成一个个的故事进行文化输出，这样的手段实在高超。

一个不会讲故事人，总会稍逊别人几分；一个国家不会讲故事，也是如此。

# 撑破格局

从业近四十年的牙医毕竟是不一样的。

他的心态好啊，整个过程不急也不躁。他上午的号子就有几十个，但我躺在诊疗椅上，他却开始慢慢地给我讲解那颗智齿为什么要拔、怎么拔，拔去之后要注意什么。见我与他互动不够，还拿出一个口腔模型，用铁镊子轻轻敲打智齿的位置，说："一点也不影响咀嚼，更不影响说话。"

他用那个模型给我讲解很多牙科医学知识。遗憾的是，我一直沉浸在拔牙的心理恐惧之中，什么也没有记住。

就在他与我交流的时段里，他的助手已把手术器械准备好了。他说请我张开嘴，一个牙套轻轻塞了进来，然后一阵刺痛，那是针头往我的牙龈之中注入了麻药……"咯"一声，他轻声说："取下来了。"

我微微抬头看到雪白的盘子里，躺着一颗"矿石"一样的东西。

医者，便是服务。这位老牙医再次让我加深对"医者即服务"的认识和体悟。

乔布斯说过一句非常经典的话："消费者并不知道自己需要什么，直到我们拿出自己的产品，他们才发现，这就是我要的东西。"

乔布斯的观点简单粗暴，但效果非常之好，当年的"苹果4"全球大卖。

我在那位老牙医的诊疗床上，同样感受到了这样的逻辑认同："如果一个人在知识和技艺上依赖你，必然全身心地依赖你。"如果这个逻辑应用于商业经济之中，是不是有一种撑破格局的惊喜。

有一家火锅店叫"巴努"，店里有专门的毛肚专员。这位"专员"干什么的呢？他们就是在店里教顾客怎么吃毛肚最美味。

结果呢？顾客十分受用，生意也特别好。许多光顾这家火锅店的顾客用完餐后，大都会有一种感慨：原来毛肚是这样吃的！

再来说说喝茶。中国人喜欢喝茶，但大部分不知道茶器、茶叶、热水、环境、氛围等等因素对饮茶的影响。茶道却不一样，它有极深的文化内蕴，也有繁复的饮茶程序。一个深谙茶道者的给你演示整个茶道过程，你照着他的方法去饮一杯茶，那从唇齿之间到精神层面的享受，那是无法用言语来形容的。

物质世界总是类同的，但"服务"却让这个物质世界变得五彩斑斓。同样一碗饭，同样一盘菜，同样一杯水……如果注入了与众不同的"服务"，它就会身价百倍。

有人说，服务就像导游，总是带你到没有到达过的地方。这句话总结得真好，值得亿万从事服务行业的"小白们"好好消化，好好感悟。服务就是努力做一个好导游。

# 价值 2000 万元的细节

刘立荣是金立手机的掌门人，有一次有位台湾客户来考察，刘立荣一再叮嘱公司接待人员："从东莞到广州的火车，无论如何你要想办法让他坐在右边的车窗边，因为美丽的凤凰山在右边；如果去深圳，那么务必让客户坐在左边的窗边，因为美丽的凤凰山在左边……

就是这个细小的安排，这位台湾客户一路上心情十分舒畅，而且对窗外景色赞不绝口。在随后的洽谈中，客户爽快地签了一个2000 万元的订单。

原来，刘立荣之前做过功课。得知这位客户喜欢在乘坐火车时欣赏窗外的风景，台湾客户在得知刘立荣如此细心的安排后，大为感动，觉得这是一家注重细节的公司，值得信任。

在现在的网络语境中，"细节"其实可以等同于常常被人说起的"用户体验"，你接待一个人，走进一个场所，接受一次服务……让你觉得温馨、愉快或者是精致、超值的体验，都来自你能感受到的细节。

在餐饮业，"海底捞"的细节化服务别具一格，让它迅速在竞争激烈的餐饮行业中站稳脚跟，而且它的管理模式不断被作为商学院研究的案例。"海底捞"的服务人员有一种"读心术"，当客人坐在餐桌前，不断转动桌子时，服务员就会上前把辣椒调味酱送上，客人往往很诧异："你是怎么知道我要找辣椒酱的?"

原因很简单，"海底捞"的餐桌上没有放辣椒酱，当客人转动桌子时，服务员就能猜到客人需要什么了。一家餐饮企业能够做到这样细腻和细致，真的非常"可怕"。

一家企业也好，一个人也罢，成功和失败，上升还是坠落，总是关联着细节。一家企业的上升还是坠落，总是可以从某个细节窥探企业运行模式；一个人的成功与失败，也可以从某个细节探源他的情商智商以及最终的宿命。

几十年前，有一位学生给鲁迅先生写了一封信，向他请教学习之法。鲁迅这样回信："太伟大的变动，我们会无力表现的，不过这无须悲观，我们即使不能表现他的全盘，我们可以表现他的一角，巨大的建筑，总是一木一石垒起来的，我们何妨不做这一木一石呢? 我时常做些零碎事，就是为此。"

现在再来品味这段话，仍然隽永如新。

# 得之我幸，失之有命

沈周是个古人，生活在元代，很多人都不知道他。但如果你知道《富春山居图》，那就能扯上关系了。

他曾经是这张千古名画的收藏者，自从他得了《富春山居图》后，差不多入魔了，他把画挂在书房之中，反复欣赏、临摹，如痴如醉。

这么一个画痴后来遇到了一个骗子——他朋友的儿子，此人见沈周的这幅画非常值钱，竟然偷了去卖掉了，沈周痛不欲生。但他是高手啊，凭着记忆，硬生生重新画了一幅。没过多久，有位高官也是沈周的朋友说收藏了一幅画，让沈周过去鉴赏，沈周过去一看差点昏倒，此画就是被盗的那幅。

这个时候，沈周最厉害的一面展现出来了，他老人家竟然不声张，对这位官员说了一通好话，一声不想地走了，这不是一般人能做到的。沈老回到家后，他叹了一句"又岂翁择人而阴授之耶"。

这句话非常豁达，也蕴含了哲理。用徐志摩的诗来翻译就是：

"得之有幸，失之我命。"但如果用美国经济学家、诺贝尔经济学获得者科斯先生的理论来理解，那就是："只要财产权是明确的，只要交易成本为零或者很小，那么，无论在开始时将财产权赋予，市场均衡的最终结果都是有效率的，实现资源配置的帕累托最优。"

这位美国人的理论解释起来有点深奥，用最简单的说法就是：谁最合适谁就能拥有。

古人沈周是不懂现代经济理论的，徐志摩也不会懂。但他们感人的理性表达，其实都符合"科斯定律"。

在日常生活中，"科斯定律"无处不在。假如你相中一个漂亮姑娘，当然不是那种花瓶式的漂亮，她各方面很优秀。但她正与别人谈恋爱，你很纠结，一直想拥有她，但难度很大。但如果从"科斯定律"的角度来看，这个漂亮姑娘最后嫁给谁，其实是一种优质资源的匹配，你如果足够优秀，与漂亮姑娘匹配度高，至于现在她在跟谁谈恋爱都是不重要的，最后尘归尘，土归土，总是那个最匹配她的人，才能抱得美人归。

在社会生活中，同样如此。最典型就是道路资源，现在行人是不能走在马路中间的，否则你是违反交通规则了，要被交警批评的。但最早的时候，路就是给行人走的，后来有了马车，就给马车走了。再后来有了汽车，人行道放在了最边上，占了道路资源的一点点。

这就是道路资源使用中的"科斯定律"，谁对道路资源使用效率最高，谁就是道路的"主人"。

2000多年前，哲学家亚里士多德提出这样一个问题：如果我有一把好琴，那么这把琴应该给谁？是给最差的琴师，促使他精进琴艺；是给最好的琴师，让他物尽其用；还是抓阄？如果用"科斯定律"来选择，必然选择那位技艺最好的琴师。

经济规律非常枯燥，但它无时无刻存在于我们的生活工作之中，影响着我们，决定了我们：你为什么会在这家单位工作，为什么拿了这份薪水，买了怎样的房子，娶了怎样的妻子……这一切都与"科斯定律"有关，不是那句"得之有幸，失之有命"所能穷尽的。

如果你知道这一切，那么，现在，就是现在开始，你该知道怎么做了，答案只有一个：让自己变得更优秀。

# 学会服输

江面有一百多米宽，而且流速也快。几个人在江边游泳，其中两人因为话不投机打起赌来，说谁不能游到对岸，谁就不是男人。

两人对峙着要求一起下水，但其中一个看着水流湍急的江面改变了主意，他平静地说："我服输。"

另一人听罢，哈哈大笑，他转身扑入湍急的江水中，回头对旁人说："我要让你们看看我的本领。"

他的朋友们让他回来，说现在江水流速快，游到对岸有危险，但他根本不听朋友们的话，转眼之间就游出五六十米远。

朋友们焦急地站在岸边看着他越来越小的身影，突然一个浪头打过来，他在江中消失了。

朋友大声叫："不好。"他们借来救生衣后跳入江中救援，但哪里还见得到他的身影。

第二天，他的尸体在下游被人发现了。

他在县里是有名的游泳健将，他对这条江的水流也比较清楚。

但是许多人都知道此时不能下水游泳，而他为了打赌却置之不理。

这是明知不可为而为之，他死得很冤枉。如果当时能认输，就不会送掉自己的生命。

记得在一本杂志上看到一则登山故事：美国有一位登山运动员不远万里来到珠穆朗玛峰。他准备了几年，最大的愿望就是能够冲顶，而且向外界公布了他的愿望。

但是他在登到海拔 7000 米时，山上气候恶化，虽然此时他体力仍然十分充沛，完全有能力冲顶。但是他毅然选择了退却，撤回到了营地。许多人对他的行为表示不解，但他却说："7000 米对我来说，也是一个奇迹。"尽管冲顶对他来说只是一步之遥，对于一个狂热的登山运动员能在唾手可得的胜利面前认输，这需要勇气。

不服输是人类的致命弱点。在我们的生活中，一个人一旦被光环笼罩，就违背了自己真实的初衷，不再为自己真实的心意左右，而是为功利所累往往为了面子和荣耀，无法收手，结果败得一塌糊涂。

服输要比不服输更需要勇气，能服输时则服输，其实是一种生活的大智慧。

# 感觉更好

有没有发现，许多事情，自己去做，感觉更好。

譬如开车和乘车，开车者的体验往往要比乘车者深刻得多。如果你外出旅游，那么自驾带给你的体验会更立体，也更丰富。

有位作家说，这个世界上虽有许多人可以告诉我们远处的风景，却没有一个人能替代我们走茫茫的夜路。

但人们往往更乐意接受结果，而不愿享受过程。

一杯热咖啡，你只是把它作为一杯解渴的饮料喝完，与坐在咖啡馆里一边听着音乐一边喝，咖啡的味道是完全不同的。

如果这是生活，你更愿意接受哪一种喝法呢？

我在露台上用泡沫盒子种了一些青菜，它们长得很小、很矮、很丑陋。天天去看，去浇水，看着它们在熟，可以采摘了。我们一家三口，几乎用一种"典礼"的形式享用了它。我们不知吃过多少从菜场买来的青菜，但从来没有这样像吃大餐一样去享用几株青菜。

类似的事情有很多。

有位烫伤科护士，见有位妈妈一直在喂一个手臂烧伤的小女孩吃饭，其实小女孩可以自己动手进食了。

护士说："请让孩子自己吃!"

妈妈说："还是让我来喂吧!"

护士说："孩子自己进食，饭菜会更香!"

小女孩就自己拿起饭匙进食。"吃起来是不是更香了?"护士问，小女孩笑着点点头。

自己动手，真的会体验更好。

# 共融的美妙

30多年前，美国南方一些水产养殖场里浮游植物和微生物泛滥成灾，美国政府决定引进中国的鲤鱼，让它们吃掉养殖场里的微生物和浮游植物。

最初这些中国鲤鱼一直生活在鱼塘里，它们"清理"浮游植物效果好。但好景不长，随着洪水季的到来，这些鲤鱼从鱼塘里"逃逸"出来，沿着密西西比河一路北上。

密西西比河给这些鲤鱼提供了广阔的生长空间，加上鲤鱼的适应性强，它们食量惊人，每天可以吃掉相当于体重一半左右的食物，几年后，有的鲤鱼长到一米多长，有的甚至重达100斤。

如果在中国，鲤鱼会成为人们餐桌上的美食，但美国人不喜欢食用它们，鲤鱼在河里泛滥成灾，加上鲤鱼每年能产卵300万枚，河里的食物几乎被它们全部掠夺性地侵占了。在密西西比河的支流里，高峰时每英里平均生活着上万条鲤鱼，导致美国当地鱼已无法生存。

被逼无奈之下，当时的奥巴马政府宣布斥资 5150 万美元进行捕杀，防止五大湖遭到鲤鱼入侵。

无论是自然生态还是社会生态，共融共生是最好的选择。无论是生存还是利益，不进行掠夺性地侵占，懂得分享，反倒会让以后的路走得更远、走得更宽。

全球著名的电动汽车制造商"特拉斯"曾宣布将对外公布特斯拉全部专利，并鼓励所有汽车制造商都来关注、使用特斯拉的专利技术，从而推动全球绿色汽车事业的发展。"特拉斯"还特别承诺，只要不恶意使用该技术，他们都不会发起诉讼。

这是经济社会中最典型的共融共生现象，"特拉斯"的高明之处在于利用他人为自己创造更广阔的发展空间。众所周知，电动车最大的瓶颈在于充电网点的普及，单靠一家"特拉斯"根本无法实现随用随充，如果各国大力发展电动车，有一天电动车充电就像汽车一样随处可以加油，那么，电动车的黄金时代也就来到了。

前几日与一家超市经理聊天，说到一个共融问题。这家超市建有四层楼，一层、二层的部分用于出租，超市在经营上有一个原则，凡是一层、二层有商家出售的东西，超市一概不进货；凡属同类产品，超市尽量与外面的商家持平，甚至定价高一点。经理说，超市这样做的目的，在于培育超市外面的业态，看似超市损失了利益，其实是带旺了人气。

同道者同行，同行者同享。这本是一个十分浅显的道理，但并非所有人都知道其中的美妙。

# 简约人际关系

因为疫情，春节以来在家的时间越来越多，能不外出，尽量不外出。最初一段时间，的确不太习惯。但随着日子慢慢过去，却发现有些行为习惯是可以改变的，人与人之间，真的不需要天天凑在一起，进行全天候的紧密沟通和联络。再次相信，养成一个好习惯只需三周。

疫情期间，因为工作原因，我从正月初二开始一直坚持上班到现在，已一月有余。若在平时，参加各类会议就会让人疲于奔命，有些会议言之无物，纯粹是为了开会而开会，但现在大量会议被取消，必须开的，也是短会，或以视频会议取代。许多工作还有人与人之间的联系，均以微信、钉钉等进行对接，沟通效果非常好。

可见，有效沟通并非时时沟通。

疫情之下的"人际沟通新模式"就像一面镜子，照出以前沟通模式的急躁和喧嚣，反衬出简约人际沟通的美好。现在，人与人之间虽不碰面，但联络不会中断，各自近况，通过网络都能实现，你想问候关心对方一下，轻而易举。你不想搭讪，你不出声也没人怪你。不像以前，在聚会碰面之时，必须有问有答才行，而且最好能相谈甚欢，否则就有沟通无效的嫌疑。我们太在乎沟通的形式和仪式感了。

有这样一句话：沟通越自由，人际越复杂。然后，人际越复杂，沟通就变得越困难，迫使我们越需要不停地沟通，这是一个恶性循环。这也是我们以前每天把大量的时间耗费在沟通上的真正原因。

我们是不是有这样一种感叹，每天起床，一睁开眼，就开始说啊说，与你的家人说，与你的同事说，与你的领导说……但你发现，你说了那么多话，沟通效果并不好。

但疫情之下的人际关系新模式，让我们惊奇地发现，许多所谓的沟通都是无效的，很多沟通可以更加简洁和简约，它的效率会更好。

还有一句话这样说：朋友是什么？朋友就是即便多年之后再见面，两人也会心领神会。这就是简约人际关系的一种最高境界，人人为之向往。

疫情过后，不知我们会不会反思那些充满着功利化、热火朝天模样、唾沫横飞的沟通场景，能不能向有效的、简约的人际关系沟通方向走一步。

柏拉图说："聪明的人说话是因为他们有话要说，傻瓜说话是因为他们必须说点什么。"

哲人的话，总是让人回味无穷。

# 苦难辉煌

　　这幢大楼的食堂经营者，原先经营着一家酒店。因为旧城改造，酒店被拆迁了，一直找不到好的场地，刚好大楼食堂在转租，于是酒店改行经营食堂。我觉得干过酒店的人，经历过餐饮市场的残酷洗礼，接受过挑剔的食客用嘴投票，只能放下身段，经营食堂肯定轻车熟路，使出一半功力就行了。

　　如你所愿，食堂被他们搞得风生水起。真的，一天劳累下来，能在食堂吃上一份可口饭菜，真会觉得人生美好。

　　在疫情之下，无以数计的餐馆、酒店处于休业状态，即便已经营业，人气回归仍需时日的状况下，食堂老板深以为当年酒店拆迁是"危中有机"，但这样的感悟却经历了很长的时间。这其实是每个人的一种常态，当好好的一份事业突然被外力阻断，无奈、忧郁甚至绝望的情绪是难以避免的，但却很少有人会从危机中看到曙光和机会，去试着从另外一种角度来思考继续走下去的方式和方法。

　　这次疫情之下的我们，还有企业，也是如此。

历史中的公共危机改变社会进程的故事并不鲜见。最为著名的就是中世纪的鼠疫。爆发于 14 世纪的欧洲鼠疫，有一种说法是欧洲有四分之一人口死去，这人类史上的浩劫，但回望历史时，这却是一种苦难辉煌。

中外历史学专家认为，中世纪的鼠疫引发了新思想和新思潮，然后极大地推动了生产力进步，专家们认为，这些"进步"分别是文艺复兴、地理大发现以及后来的工业革命。这可以从世界上第一本短篇小说集《十日谈》中得到印证，《十日谈》作者是薄伽丘，写在意大利可怕的鼠疫之时，这本书被认为是对中世纪黑暗的批判，是一本充满人本主义精神的著作，它与鼠疫带给人类的苦难有着直接关联，《十日谈》出版后，风行天下，这其实是思想在文学上的反映。几百年前，很多欧洲人之所以奔向北美新大陆寻找新的梦想，从进程来看，也可以从中世纪的鼠疫找到最终的源头。

看到其中一位专家这样认为，过去 500 年人类文明进化历史至少可以总结三点：一是中世纪可怕的瘟疫直接和间接的影响到了人们的心理状态，作用于社会思潮，引发文艺复兴这样的思想解放；二是灾难间接催生社会生产力的发展的需求，自然科学和社会科学都被解放思潮驱动着不断高速发展；三是中世纪的瘟疫带来了思想解放思想碰撞和摩擦，但最终实现了新的平衡，最后人类因为苦难获得了更合理更高效的社会治理模式，实现了经济社会新的繁荣。

这次疫情不能与中世纪鼠疫相提并论，但却可以从中看清"危中有机"的趋势，而不能把疫情仅仅作为一种"危机"样本停留在公共卫生层面。

在我生活的城市里，我以一个非专业人士的眼光在看疫情之下复产复工的企业，那些劳动力密集、以前对员工关爱不够的企业，他们的复工复产的道路非常困难；与之对应的是，那些更多把握住"人口红利"逐渐消失趋势，采用"机器换人"，转型高新技术产业，同时对员工更多人文关怀的企业，复工复产之路要比前者容易得多。

现在每天都有大量关于疫情之下经济走向的新闻在产生，许多地方都出台了的许多支持复工复产的措施，这些措施真的非常及时，但它的意义就像直升机为灾区空投救援物资，它是令人振奋的，但它表达的是"不抛弃、不放弃"的关怀，而不是重建灾区本身。因为要把一个灾区重新建设，恢复到灾前的模样，它自有市场规律逻辑，要比"空投物资"这样雪中送炭可能复杂得多。

而这个逻辑，越来越觉得是人本主义，是"以人民为中心"，是我们的努力方向是为了满足人们对美好生活的向往。在经济领域，有人称之这"柔性增长"，这种增长一切以"人"为中心来构建，它更关注人的情感需求。已有不少战略投资家认为，这次疫情最可能带来的商业机会将出现在医疗、大健康、卫生服务和生活服务基础设施这些关怀人的生活等领域，当然这仅仅是其中的一部分。

我们需要对自己现在身处环境做一个拥有历史感的抽象思考。机会就在"人本主义"之中，其实这早已是一种趋势，不过是疫情加深了这样的认识，现在疫情带给社会的影响仍存在诸多不确定性，但经济大面是不会改变的，其中的经济发展"人本主义"方向，我认为是不确定性中最大的确定性。

苦难和辉煌，总是相伴相生。

# 冲破地心引力的创新

我刚到这座城市工作的时候，是在 20 世纪 90 年代。城里人口不过十五六万，城里没有大型商超，没有上档次的酒楼饭店……也少见外来人口，城里弥漫着一种悠闲的静气。一日三餐，吃的都是本地的菜，体验的是本地口味，我曾经以为这样的日子不会发生什么改变。

直到有一天，一家餐馆门口突然排起了队，说一种叫"酸菜鱼"的菜品非常好吃。这是我到目前已知的第一种"侵入"小城生活的外来菜，从此以后，这家餐馆一次次扩大规模，然后从餐馆到的酒店再到大酒店。

如果说"创新"，我觉得这种来自四川的名菜，产生了彻底"颠覆"本地餐饮市场的效应，这种创新可以叫作"冲破地心引力的创新"，它不是本地菜的改良，它用与江南地区截然不同的口味，打开了一个餐饮混战、南北交汇、百味杂陈的餐饮世界。

创新是小步慢跑，还是高歌猛进？无疑是那种"从无到有""无中生有"的创新将带给社会更多的进步。

非洲是一个严重缺水的大洲，曾经有许多公益组织捐助了大量的水井项目，以帮助当地缓解饮水问题。但是英国电信公司技术总监伊布拉欣却不这样看。

　　当他看到大量水井因为维护不善成为废井的现状，他觉得让一个地区跟上发展的步伐，水井项目南辕北辙，所有的努力也无异于杯水车薪。他认为发展需要突破常规的创新，他所要实施的项目是在非洲建设无线网，让那些没水喝的非洲人用上手机，这种做要比打水井有意义得多。

　　许多同行都嘲笑他，觉得这根本行不通，非洲国家经济相对落后，他们根本买不起手机，他如果要实施这个天方夜谭的项目，注定会彻底破产，他会为这种异想天开的想法的失败而埋单。

　　但是伊布拉欣只用了 6 年时间，他的无线网实现在非洲 13 个国家运营。2004 年营业收入就达到 6.14 亿美元，利润达到 1.47 亿美元。到了 2005 年，伊布拉欣以 34 亿美元的价格出售了他的非洲无线运营公司。

　　一个想法价值 34 亿美元，而不仅仅如此，因为无线网络在非洲的建立，直接或间接为非洲所带来就业机会、发展机会以及社会进步，已无法用金钱来衡量了。

　　伊布拉欣的故事告诉我们，诸如"水井项目"之类小步慢跑、改良式的创新的确是这个社会需要的，但远远不及那些颠覆式创新所能带给国家和社会的助推力。

　　我现在开的是一辆 2010 年款第六代丰田"凯美瑞"汽车，"凯美瑞"是汽车史上一辆"神车"，它的销售量一直居于世界各类汽车销售排行榜的前列。但我发现一个问题，自从"凯美瑞"诞生以来，丰田公司不断对"凯美瑞"进行改款或改良，直到目前也没有颠覆性的创新，它用这种持续改良创新，小心翼翼地维护着目标客户群。如果把它与"特斯拉"做个对比，特斯拉所带给人们的体验是完全不同的，一旦电池技术的进步，电动车必彻底将改变目前的燃油车汽车市场。

这些创新故事的背后，我们可以找到一条十分清晰的逻辑链条：那就是不要被目前的定型的消费市场所迷惑，找到那些"未消费人群"，激发、顺应或者培育那些"未消费人群"的消费需求，那你的创新就能冲破地心引力。

这样的案例数不胜数。

最早的汽车俗你"T型车"，1900年时，全美的订购辆不过1万辆，许多人认为汽车是富人们享用的私人物品，根本不可能进入普通家庭。但是福特把这个局面改变了。他生产出来非常便宜的汽车，汽车从1909年的2万辆飙升到1922年200万辆。福特的创新所带给美国的影响难以估量，因为汽车进入普通家庭，居住方式、工作方式和休闲方式发生了改变，郊区以及路网、城市得到快速发展，不仅带动了旅游业、旅馆业、快餐业、汽车维修和汽车保险，也带动了钢铁、石油、油漆、木材、玻璃、橡胶等行业，以及由汽车社会带来的人与人、人与城、城与人之间沟通方式改变，所衍生出来的对社会的变革。

当"创新"越来越成为一种口头禅时，我们越有可能偏离创新本来的意义和使命。社会的进步，国家的繁荣，人类的文明，从来都不可能缺失"从无到有""无中生有"的创新，否则人类历史也会黯然无光。

人生注定缺少爆款

只有真的声音，才能感动中国的人和世界的人；必须有了真的声音，才能和世界的人同在世界上生活。

——鲁迅《三闲集》

# 钱的"纸牌屋"

　　春节、国庆期间上高速公路的体验是极其糟糕的。因为免费，几乎全国的高速公路上都车满为患，朋友圈里几乎被堵车刷屏。一同事带一家老小回老家，原本4小时路程结果开了16个小时，这成本远远高过了被免费的200多元过路费。

　　钱是迄今为止人类发明的最好调节和控制工具，即便是理性的人，也会产生"有钱能使鬼推磨"效果，但这种钱的引导一旦失去相对平衡，就会破坏良序，带给毁灭性的后果。

　　这当然指的不是高速公路免费，高速公路免费这件事毕竟还是一件让车友们倍感"欢乐"的事情，限于"捡了一颗小芝麻，丢了一个大西瓜"自黑式的假日生活方式一种。

　　前几年中国某城开亚运会期间，曾经发生过这样一件事，开亚运会期间乘地铁全部免费，乍一看这应该是一项好政策，结果呢，地铁站里人满为患，地铁已无法运行了。一看这形势不变，政府赶紧收回成命，依旧实行收费。但这场"乌龙"差点导致一座城市交通运行的"瘫痪"。

所谓良序，它说到底是由道德、欲望共同构建起来的一种生态系统，在这个生态系统中，最直接的"代言人"就是金钱。金钱的多和寡，金钱获取的难和易，直接会影响到这个复杂的生态系统。所谓良序，就是通过钱这种合理的手段，让这个生态系统保持动态的平衡；所谓恶序就是任性地利用金钱去达到某种目的，破坏性地企图维持这种生态平衡。钱其实构建起了一幢纸牌屋，动其中的一张，整幢纸牌屋就倒了。

我们对钱真正的认识时间并不长，不相信钱在市场"纸牌屋"里的作用。几十年前我们实行计划经济，像家庭主妇一样安排一家人的一日三餐。但只要你有生活经验，其实家庭主妇非常难当，有的家庭成员今天想吃咸的，有的却想吃淡的，你永远只能估计。你可以估算出一家人一天要消耗多少面粉，但你不知道每个家庭成员内心真正的想法，他们到底是想吃拉面、饺子、包子或是面疙瘩。市场经济的办法是把钱分给大家，想吃拉面的去吃拉面，想吃饺子的去吃饺子，结果大家都活得非常滋润，家庭主妇也不必大包大揽，只要把钱管好就行了。

所以钱这个发明非常伟大，由它衍生出来的那套市场机制创造出了人类社会的高度文明和公平。它不必命令别人怎么去做，而每个人都会自觉主动去做或是不做。二十多年前，我学校毕业，一个人拎着一只帆布包来到这座城市，身上的衣服比不过城里人，脚上的那双皮鞋到了下雨天还是漏水的，城里车水马龙。我那时站在冰冷的富春江边，我对自己说，我总有一天要在这座城市里拥有属于自己的房子，然后在这里娶妻生子。因为二十多年前的社会，鼓励你通过劳动赚钱来改变自己的生活，如果那个时代不允许用钱来解决问题，而是看我的出身，看我的家庭成分，看我相貌，那估计我没什么戏了。

我并非鼓吹金钱万用论，而是金钱确是一种伟大的东西。这么伟大的东西，对于个人而言，如何使用那是后果自负。而如果你是公权者，那么背后就是万千民众，如何来使用金钱，就是一件天大的事情，千万不能脑袋一热，也不能任性，钱甚至会导致一座城市万劫不复的问题，但再可怕的问题，最终还是要通过钱来解决。

这个社会就是一座由钱构筑起来的纸牌屋，万千变化，错综复杂，这与拜金无关，与道德主义无关，谁能获知金钱里面的奥妙，知道它的真相和意义，谁就是先知和智者。

# 这就是平台

离家半里地，有块空地，是城中村的自留地。前段时间，一些农民把空地用水泥填平了，支起了棚架，吸引了近百户摊贩入住。空地摇身一变为城市里的农贸市场，每天傍晚，这里人声鼎沸，生意兴隆。

前些天我去买菜，刚好遇上村干部在收摊位费，大一点每月400元，小一点的每月200元，没人敢讨价还价，村干部手里已捏着厚厚的一沓钱，这位胖胖的中年男看上去很欢乐。

而我浮想联翩，觉得这菜场就是现在人们时时提起的"平台"，口口声声想要的"入口"。

"平台思维""入口思维"现在很热很热。很多很多"高大上"的企业集团，无论是百度、腾讯还是阿里巴巴，是万达、娃哈哈还是复星，他们已经干成的事，还是梦寐以求想干的事，无非就像这些农民在干的事。

造一个平台，把住了入口，再造出一些人气，那议价的主动权就在我手里了。我非常冒昧地打个比方，在中国互联网界像"神"一样存在的马云，他所创办的阿里巴巴、淘宝网以及天猫，与这些农民的模式别无二致。

据说经济发展已经步入"平台为王"阶段，前面几个阶段是产品为王、质量为王、品牌为王。"产品为王"阶段就是生产什么卖什么，"质量为王"阶段就是品质好的产品卖得更好，"品牌为王"阶段就是有品牌的产品卖得更好价格也卖得更高。而"平台为王"呢，就是拥有"平台"的人，才有可能把产品卖出去。

这个经济规律总结得非常好，阿里就是一个生动活泼的"平台为王"好故事，拥有了平台之后，中国以前的那些最牛气的企业，中国移动还是中国联通，竟然也在马云的"平台"开出了淘宝店，如果时间倒退十多年，这是无论如何也不可想象的。

既然"平台"如此重要，那么一个不想造平台的老板，就不是一个好老板。有位朋友给我发一条微信，说某景区竟然也在建"平台"了，地球人看来已阻挡不了"平台思维"的脚步了。

朋友说，凡是进入景区的游客，可以免费连接 Wi-Fi，手机马上会弹出一个登录页面，播放两段小广告；紧接着会提示你输入你的手机号码，进入后又有几个幻灯广告；最后连接上 Wi-Fi 后，里面又是几个广告位。

这是一个看上去非常具有互联网思维的造平台战略，但我有一个小小的疑问，互联网思维的核心是"用户""黏性""服务""互动""价值"等等关键词，而游客是最没有"黏性"的用户，一个人来了一次这个景区，不可能第二次、第三次前来，以电话和短信方式向游客推销产品，似乎哪里不对头。如果景区 Wi-Fi 这样做，那中国移动、中国联通、中国电信掌握了几亿人口的电话数据，这个数据的质量要比景区 Wi-Fi 准确得多，是不是也可以用电话和短信推销本地的产品呢？

这显然是不可行的。

德国是一个少有"平台思维""入口思维"的国度，他们甚至与互联网若即若离，当中国到处研讨要进入"互联网＋工业"，人家早已默默地发展到工业 4.0 时代，他们用互联网和工业深度融合，发展到了"物联网"阶段。于是，几乎所有财经类杂志都在探讨德国的工业 4.0，反思中国的企业是不是操之过急了，对"平台和入口"的高度敏感，视为身家性命，而对制造业的本身，反而没有投入太多的情怀。

那么，是不是那些一夜暴富的互联网公司带坏了中国的企业家？让他们觉得像德国一样遵守着"工匠精神"是寂寞的？

但我想，这该有一个结论或者判断了。专注于精工制造和创新，即便你不谋划你的平台，平台也会水到渠成，桃李不言，下自成蹊。譬如苹果公司，当你打开苹果手机后盖壳，看到用户根本看不到的集成电板内部也"美"得像一个艺术品，你就会突然明白，"工匠精神"才有可能建造出一个让人尊敬、让人心服口服的平台。

# 生命和死亡的质量

一个人得了乳腺癌晚期，平均存活时间是一般为一到两年。但有位丈夫，为妻子四处求医，甚至到过美国和新加坡，最后他的妻子的生命延续了一年时间，在三年后过世。

朋友圈里一片唏嘘，说这样的丈夫有情有义。但有"朋友"透露了四处求医的花费，总计110万元，而他的妻子在最后一年里，因为大量服用药物和手术，遭受了常人难以想象的痛苦。

一年存活时间和110万元，这钱花得是值得的，还是不值得？很难评说。我们虽不是医疗行业内人士，但花了如此大的代价，只延续了一年的存活时间，而且让人病人遭受了那么多的痛苦，这是不是"过度医疗"呢？

新加坡一家民间机构有项调查，中国是"过度医疗"的国家之一。被列入"过度医疗"的国家大都是发展中国家，经济发展程度中等偏上，医疗文明没有深入人心。人们更多地是从道义上来考虑医疗，而不是从医疗的科学性来确定治疗方案。

这项调查与我们平时的"感观"是相同的。几十年前，物质条件匮乏，医疗水平落后，普通老百姓生病，没有财力通过医疗手段延续生命。改革开放后，人们经济条件好了，"过度医疗"就有了生长的土壤，有人说，人这一辈子赚的钱，六成以上花在了生命结束前的一年里。

钱重要，还是生命重要，这个话题非常容易陷入道德的陷阱。见过太多的活生生的事例，往往是老人，病重之际，作为子女，总是千方百计设法挽救老人生命，能用的药全部用上，能动的高风险手术也动上，而病人在最后的日子里，总是会迸发求生的欲望，对子女的安排来之不拒，甚至主动要求"救救自己"，在亲情和道义主导下的医疗，不再是理性的，而是疯狂的。这些年，我见过了太多死在手术台上的，在生命最后的日子里生不如死的病人。

生命质量这个词，大家都能接受，但"死亡质量"大家却是不能接受的，这里面涉及的是一个人如何体面地、有尊严地、以最少的痛苦离开这个世界。即便有人认同这样的理念，但放到具体的情境中，就会受到社会舆论的钳制，一个不倾注所有为亲人、爱人诊治的人，是不孝的，是冷漠的。但"死亡质量"是生命质量的组成部分，生老病死，自然规律，生命应该有善始和善终，少些痛苦。

有部电影叫《飞越老人院》，讲的是一座老人院，一批垂垂老矣的老人每天无所事事，他们没有梦想，也没有快乐，忍受的疾病和衰老的折磨，他们就是在等死。但有一个叫"老周"的老人，组织大家开展娱乐活动，还排练节目去参演，老人们非常快乐……

这就是一个如何面对死亡的态度，事关生命的质量和死亡的质量。

说起死亡质量，很多人会想起西方的大哲学家苏格拉底，他在生命最后的日子里活得非常精彩。当年苏格拉底在监狱中等待死刑，但遇上了雅典的"圣船"仪式，一个月内不准杀人，他的朋友和学生可以帮助他逃狱，但他却不愿逃跑。每天都有朋友和学生来探望他，他们往往见到苏格拉底时会哭泣，因为他就要死了，苏格拉底反而安慰他们："死亡就好像是无梦的安眠，这是求之不得的！死亡也是前往一个过去的人所去的世界，所以我死后去到这个世界，可以同很多贤哲见面，这很好啊！"

　　最后苏格拉底坦然受死。

　　一个普通人也许做不到像苏格拉底这样理性地看待生命的消逝。但有一条，人活在这个世界上的每一天，就是应该让痛苦少一些，更少一些。如果能做到这些，面对死亡，其实不必要在离开这个世界的时候，身上插满了管子。

# 完美医生

现在的医疗环境可以说是有点糟糕的。不仅仅是医患关系，而且是医疗资源。

比如，你去儿童医院，到处是人，到处是小孩的哭声，挂号的队伍排得很长，有时你还会挂不到号，还有票贩子漫天在要价，医生每天要诊断几百个病人，他们的脸色疲惫不堪，但还在坚持，这一切会总是让人产生一种恐惧感。

当你是一个病人时，就很少会考虑医生的感受。即便他已经疲惫不堪，我们也会要求医生必须以"满血状态"来接待你，给你最好的态度，给你最好的诊断，开出最好也最合理的药。

医生的难处和风险也就在这里：不能有差错。他们每天就站在"道德的神坛"上，接受患者的检阅，他们是不允许有大问题的，否则就会断送他的职业生涯。

多年前，杭州一位大学新闻系教授给我们讲了一个故事。故事发生在杭州市郊的桐庐县，有一位车祸病人发生"大出血"现象，出血点一直无法找到，病人危在旦夕。如果送杭州抢救，因为有100公里路程，救护车上也不具备抢救设施，时间已不允许。于是县医院向浙医二院的外科医生求救。这位外科医生刚刚做完第三台手术，已经精疲力尽，他在办公室休息。接到电话后，凭着医生对生命的尊重，他打起精神驱车以每小时一百四五十码的速度赶到桐庐，外科医生到达后，还是找不到病人的出血点。但他灵机一动，切开了病人大腿处的动脉，顺着大腿动脉往上找"出血点"，通过这一办法，"出血点"找到了，病人也得救了。

我们都会说这样的医生是个好医生。这位外科医生犯了三个大错误：一是高速上超速，违反了交通法；二是切开病人好好的大腿动脉，一旦出血点还是没有找到导致病人死亡，那他就要承担医疗事故的全部责任；三是他属于跨地区施行手术，违反了相关医疗管理规定。但让人非常尴尬的是，这位外科医生只有这样做，才能救回一个人的生命。

但医生的风险和生存状态全部表现在这个真实的故事中了。其实，这位外科医生在接到求救的电话时，还面临一个道德风险，如果他拒绝来桐庐，那么他在道德上就失分了，公众不会以你今天你很疲惫来开脱你，如果被媒体曝光或在同行圈子里曝光，那他的职业生涯就黯淡了。

以现在的医患关系和医疗环境来预测将来，那必定是悲观的。加上中国社会正在快速地老年化，医生的诊治和护理压力不断增加，医患关系和医疗环境想在短时间内达到人们想象当中的状态，肯定难尽人意。于是人们喜欢用西方甚至东南亚的医疗体制来说事，说中国应该向他们学习，这其实是一种病急乱投医。

但解决问题的方法往往不能拘泥于现状，如果按照固有的逻辑和链条，我们很难找到一种最好的办法。但大家不要忘记，人类文明进步的核心是"科技"，无论是蒸汽机，还是互联网，它们重塑了这个世界的格局，影响了政治、经济、社会、文化以及人们生活的等等方面。

医疗问题的最终解决，最终还得依靠"科技"。这里不来讨论通过 DNA 技术，从遗传上规避患病风险和制造药品治疗疾病，或是通过 DNA 技术造出人体器官等较长远的话题，就来说说接下来几十年必将普及的"人工智能"。

谷歌（google）的"阿尔法狗"机器人曾以绝对优势打败了世界围棋冠军。人们以娱乐精神看待这条新闻，其实，这起事件是人类文明史上的一个具有标志性意义的事件。"人工智能"将给人类社会带来变革，替代人类不能完成的事情，包括医疗。

在医学界，已经出现了大名鼎鼎的达·芬奇手术机器人，通过这个机器人，医生和病人可以不在同一个地方，也可以有两位医生甚至三位医生一起为病人动手术。通过"手术机器人"，美国在 5 年前就已开展远程心脏手术。有了这种手术机器人，杭州的那位外科医生，就可以避免高速飙车这样的交通违法行为。

另外，医学大数据也必将普及，并应用到机器人中。美国休斯敦安德森肿瘤中心就有一位"机器人医生"上岗了，这位"机器人医生"具有巨量的医学数据分析能力，可以把各个门类的专家提供的数据进行整合。经过测试，90%的专家医生已不是它的对手。

"机器人医生"是不知疲倦的，每时每刻都处于"满血状态"，不要说每天做三台手术，即便做十台手术也可以。而且它是"经验丰富的"，各个门类医科它都了然于心，而且它是永远理性的，不会有喜怒哀乐。这样的"机器人医生"就是我们现在脑海当中想象中的完美医生。

当这位"完美医生"到来时，我们的医院里也许就像咖啡厅，每个人都很平静，没有长长的队伍，没有勤奋的"黄牛"，没有无休无止的争执和骂声。

# 被弃用的"经验"

现在想当个有"权威"的父母是很难的。

譬如手机密码忘记了，如果家里有个小孩就可以帮你找回来；如果电脑系统崩溃了，家里如果有个爱好电脑的小孩可以轻松地帮你重装。还有一些新名词、新游戏什么的，只要问问家里的小孩就可以了。

我家里也有个小孩。电脑里的问题，手机上的问题，还有家用电器出现的问题，统统问他。他基本上可以"妙手回春"。有一次，我问他一个 QQ 上的功能，他正在做作业，抬起头，非常不屑地嘀咕："你连这个也不会啊！"

看看，"父道尊严"在哪里了呢？

几十年前的世界是不会发生这种状况的。当年的日子就像复印机一样的，年年相似，代代相同。农耕社会嘛，最重要的无非是稼穑之事，何时播种，何时插秧，何时收割……看似简单，却是一门博大精深的学问。

在那个时代，不仅仅农民，还有为官，为商等等，没有什么革命性的变革，经验至关重要。

当时的父母自然有"权威"的！这种"权威"不仅仅来自礼教，更来自只有经历过岁月才能积累下来的"经验"，年轻人是学不到的。即便垂垂老矣，除了气力上输给年轻人，老年人仍然占据着"经验的财富"，可以在家庭里摆摆"老资格"。

可是现在呢？不行了。

社会进入工业化、城市化后，这种"经验至上"的伦理就不管用了，老人们的经验已经不能指导年轻人了。譬如农民父亲的人生经验、社会阅历，就不能指导在城里当工人的儿子。很多父母把子女养育大后，他们一旦到城里工作和生活，父母们就不知道自己的孩子到底在想什么、在干些什么了。

父母和子女，完全生活在了两个完全隔离的世界。

在农耕社会这样的事情是不可能发生的，父母亲对孩子的生活是了解的，也是可以指导的。我们向来认为，老年人更有经验，老农民、老中医、老教授都有较高的社会地位和权威。

但是现在呢？

我曾经带父母亲去北京玩，他们不会在网上订机票，找不到飞机的座位号，到了北京也不知道如何换乘地铁……这个社会发生了太多的变革，他们的生活经验已经远远不能适应现在的社会生活，需要我来引导，为他们忙前忙后地服务。

有一个骗子，挨家挨户在农居的门口扔"刮刮卡"，父亲捡到这张纸刮出了"特等奖"，他就信了。后来父亲打电话来问我，被我制止了。

这一点七十岁的父亲是"明智"的，他经常向我讨教，而且是一有问题就会来问我。

　　这已是一个老年人反过来向年轻人学习的时代，"经验"已被打碎一地，正因如此，从来没有一个时代的老年人，像现在这样遭遇"经验无用"的尴尬，他们一旦赋闲在家，只要不学习，就会生活在了另外一个世界里了。

　　现在的老人是孤独的，也是茫然的。

　　这种"茫然"就像我现在求教儿子一样，很多新鲜事物，我已不关注了，也懒得关注了。我正在慢慢地游离出这个日新月异的社会。

　　在伦理上，我还是他的父亲。但某些方面，他却是我的老师。这就是这个时代最有意思的地方，也是我们不得不接受需要进行心理调适的地方。

# 伪装人格

王安石有篇著名的《知人》，其中有一名句："贪人廉，淫人洁，佞人直，非终然也。"这段话的意思是说越是贪婪的人越会伪装清廉，越是荒淫的人越伪装纯洁，越是奸诈的人越伪装正直。

这种人叫伪人格，如果放到历史的舞台上，那就会演出一出出惊心动魄的戏。

公元604年7月，一个被父亲宠信，认为是孝仁、敦厚的儿子却杀了父亲，也许这位父亲在临死的一刻，也不明白这位性格温良的儿子怎么会举起血淋淋的屠刀。

这位父亲就是隋文帝。

在那个炎热的夏天，隋文帝时代悲惨地宣告终结了，暴虐天下的隋炀帝时代拉开了序幕，历史的车轮又滚滚向前。

隋炀帝杨广，如果他的人格不进行刻意伪装，也许他根本当不了皇帝。在隋文帝的几个儿子中，他排名第二，皇帝的位子轮不上他。但是，他懂得伪装。杨广生性声色，性格暴戾，但他知道父皇喜欢什么，不喜欢什么。听说父皇母后要到他的府上来，提前将娇姬美妾藏起来，还撤去了王府内华丽的装饰和陈设，并且把乐器的弦也扯断了，并在上面撒满了灰尘，制造一种生活简朴、不好声色的假象。

隋文帝见儿子如此节俭，对他的印象十分好。杨广的是一个表演天才，凡是父皇和母后派人来，他和萧妃必亲自跑到门口去接，态度恭敬有加，不论卑尊，一定好酒好饭招待，临走时，他要赠送礼，父皇身边的婢仆，都称杨广"孝仁"。有一次，他在观猎时遇到大雨，左右侍从送上雨衣给他披上，杨广说，士卒都淋湿了，我怎能独自穿上雨衣呢？众将听罢，大为感动。这则小事后来传到隋文帝那里，文帝又对杨广高看一眼。

而太子杨勇却是一个坦诚的人。在父皇面前，锦衣玉食，也不掩饰自己府中有很多宠爱，隋文帝慢慢对他失去了信任。隋文帝和皇后就被杨广的伪装所迷惑，一步步掉进了杨广设好的局。

隋炀帝的江山是从父皇那里骗来的，他以弑父夺得江山，最后他又被部下宇文化及缢杀，也算是一种报应。

历史上判若两人的皇帝大有人在，即位前温顺恭良，即位后暴戾残忍。清代的道光，生了九个儿子，他最信任的两个儿子，一个是四皇子，一个是六皇子。谁继承皇位，道光举棋不定。一次道光请几个皇子到承德围猎，有谋士对四皇子说，打猎时不要去打牲畜，而应告诉父皇春季正是鸟兽繁衍之际，不忍伤害生灵。结果，他故意"颗粒无收"，伪装善良，而六皇子兴高采烈打了许多鸟兽。道光问四皇子何以没猎到鸟兽，四皇子一番善良表演，道光大为震动，觉得四皇子有仁爱之心，决定将皇位传给他。

四皇子就是后来的咸丰，六皇子就是后来主张开展洋务运动、强国富民的恭亲王。历史如果倒过来读，真的让人一声叹息。恭亲王如果即位，也不会有慈禧专权了，清朝的历史轨迹，也许会发生转向。历史充满了变数，谁也安排不了。

# 品　质

　　一个沿街卖唱碟的小贩向我推销碟片。他向我推荐 MP3 音乐碟，说里面有二百多首好听的歌，而且价格便宜，只要十元钱。

　　但我花了十元钱买了一张封面有些破损，看来有些年份的 CD 碟，里面只有十首歌。小贩看着我，有些莫名其妙，觉得他赚了，我亏了。

　　但不知你有没有这样的感受，同样一首歌，采取不同的压缩格式，音质是完全不同的。对好音乐听多后，耳朵就娇贵了，容不得失真、容不得有杂音，一首好曲子，如果是品质高的，可以听多次，次次有不同的感受。而如果经过压缩的 MP3 音乐，听上一两次，你就不想再听下去了。

　　有品质的，才是最好的，这是公理。

　　就像交人，品德好的，交往才有趣，不然照个面，也就罢了。儿童文学作家郑渊洁写过一个故事。他和鉴宝家马未都见面，问起古董的价值。郑渊洁问，是不是年份越长，世上留存越少的古董越有价值。

马未都答："品质好的才值钱。"

郑渊洁很惊讶。

即便是古董，也是以品质取胜的，而不是年份或是其他。

还有位职教学校的校长对我说，他们学校里有许多实用型专业，但最抢手的学生是哪些？不是职业等级最高的，也不是学习成绩最好的，而是品行优良的。

品质好的 CD 最动听，品质好的古董最值钱，品德好的人总是最受欢迎。

# 不一样的美

　　每个双休日，我大都会到乡下去看看父母，然后到山上挖挖笋、采采野菜、掬点山泉泡泡茶……

　　这个来自杭州城里的小姑娘看着我，说太羡慕你了。

　　在朋友圈里也是一样。只要晒晒农村的美和生活，就会引来点赞无数。

　　这让我觉得非常不真实。

　　我双休日回农村，不是享受山上的笋，地里的野菜，还有山间的清泉，而是因为父母越来越老了。一个星期他们会打三四通电话，翻来覆去就是那几句话："这个礼拜你回来吗？"

　　有时上午刚打过，下午又会打来。我委婉地指出后，有时是父亲，有时是母亲，他们会惊讶地说："好像上午真的打过了，但忘了！"

　　一个被工作拖累，但说到底还是被生活所迫的中年人，面对日益衰老、无助无靠的父母，还有一份好心态，去惬意地享受城里人想象当中的那种闲云野鹤、清风朗月的乡村美好生活，是多么难得！反正我是做不到的。

说得再直白一点，城里人想象的乡村之美，和我这个从农村里走出去的城里人眼中的乡村之美，有天大的差别。这是两种生活场景，两种人生历程，甚至是两种世界格局的区别。

城里人也许真的不懂。

不懂，那是因为没有进入场景，也进不了最真实的乡村生活场景。

有一个摄影师给我看一张照片，照片中的老房子是我们村子里的。他说那颜色很美，窗棂很美，墙面线条很美……

我告诉他，这幢老房子的主人近七十了，患有肾病，但还在建筑工地上打工；儿子三十多岁娶上了老婆，但因为伪造票据几次被判刑了。对了，那老房子里阴暗潮湿，即便是盛夏，里面也是湿的，还有一股从阴沟里飘出来的土腥味……

摄影师听后很惊讶。

很多人眼中的美，都是虚幻不真实的。而最怕的是，用这种虚幻之美来打量甚至游说，抑或花巨资设计再造乡村。

我总是在心里轻轻地说："现实，有时候并不是这样的啊！"

# 生命的毫厘之失

　　一些坚强的人，或是大人物，往往会混淆我们对生命脆弱的认识，譬如古巴革命领袖卡斯特罗。

　　据美国联邦局最新解密的档案，以及古巴安全部门权威人士的统计，卡斯特罗这辈子总共躲过了 634 次谋杀，想夺取他生命的手段包括毒药、枪击、爆炸，乃至美人计，五花八门，层出不穷。

　　卡斯特罗后半生就活在"毫厘之间"，稍有闪失就会失去生命，但最后他总能死里逃生。如果以此认为生命总有坚强和幸运，或是有上苍的庇佑，那绝对不是一个普世的答案和经验。

　　生命本来的面目往往是：像玻璃一样容易破碎。

　　这段时间，中国首位进入太空的宇航员杨利伟回忆当年在太空舱中听到的"神秘敲击声"的报道在网上流传。杨利伟坦言，当他听到太空舱莫名发出像"敲击声"一样的声音时，他非常紧张。

　　一个经过严苛的身体、心理训练的宇航员，在遭遇莫名状态时，尚有恐惧和害怕，那何况普通人呢？杨利伟说，"飞天"其实一点也不好玩，可以说是身、心、灵的巨大煎熬，除了身体遭受的极限挑战，还要忍受孤独、寂寞、恐惧……

这种"孤独、寂寞、恐惧"往往源于生命的脆弱和渺小的认知，它在某时其刻可能会有毫厘之失。躲过、避过、战胜它，那是你幸；没有躲过、没有避过、没有战胜它，那是你命。

讲两个真实的故事吧。

朋友驾车经过一红绿灯时，突遇黄灯，他一脚踩住刹车。只听"轰"的一声，整个人差点从座椅上飞起来，再看车后，一辆大货车顶在车后，而她的车子的整个后备厢已经没有了。

同事连呼"命差点没有了"。

如果大货车的车速再快一点，货车司机踩刹车时间再慢一点，同事车子的前面如果还有辆车……那后果不敢想象。

还有一个故事的主角是我。多年前的春节，我带着一家人驾车去绍兴，一路上走得挺顺。到了高速绍兴出口，按路牌提示进入匝道。但没想到的是，匝道正在改造，突然一个转弯，我下意识地急打方向，车子倾向一边，左侧车体几乎擦着护栏呼啸而过，我的脑袋中一片空白，只是死死地握住方向盘……就在绝望之际，匝道变直了，车子稳稳地驶到了大道上。当时一身冷汗，停在路边好久都没有缓过神来。

如果当时车速再快一点，匝道弯度再大一点，方向往右少打一点……我不敢想象将会怎么样的后果。

有时生命之光明与黑暗，尽在毫厘之间，你都无法选择，而是造化之功、命运之幸，这种无法操控感，真的会让人不寒而颤。生命的幸与不幸，其实不会再有"卡斯特罗般的奇迹"，而是对生命毫厘之失的理性规避和警觉。

# 历史是由无数细节组装而成的

历史是什么？历史有时候就是一些细节的拼凑和组装，某一个细节重新排列和组合，常常会让我们嗟叹历史的无情和无常。

如果下面的两个故事，只要向前再走一步，那么一段灾难深重的世界历史将彻底改写。

有一个孩子，从小喜欢绘画，他最大的梦想是长大以后成为一位画家。读中学时，他的所有功课中，只有绘画这一课是"优"，他绘了许多作品，自以得意。19岁那年，他报考维也纳艺术学院，希望进入这所著名的学校深造。但艺术学院的老师认为他的绘画成绩不够理想，没有录取他。

这个孩子报考艺术学院失败后，并没有灰心，他仍然希望通过自己的努力考上艺术学院，接受艺术的熏陶，得到他景仰的艺术家们的教诲。于是，他再次报考了维也纳艺术学院，与上次报考一样，艺术学院的主考官仍然认为他的绘画成绩不够理想，仍然没有录取他。

两次报考失败让他十分伤心，他气愤地说："维也纳艺术学院没有录取我，世界肯定蒙受了重大损失。"当时，他只是一个二十岁左右的孩子，他说的这句话无非是激愤之语，但多年后，这句话成了一个预言。

后来，他参了军，因为作战勇敢，获得了勋章。但在军队里，不过是一个士兵，而且每天都活在敌人的枪口之下。

1918 年 9 月 28 日，是英国士兵亨利·坦迪永远应该记住的一个日子。这一天，他与那个想报考维也纳艺术学院，曾经梦想当一位画家的德国孩子在法国的战场上遭遇了。

当时坦迪所在的步兵团在法国小镇马尔宽渡口遭到德军猛烈攻击，坦迪匍匐前进，偷偷爬到德军机枪阵地端掉了火力点，顺利到达渡口，并在渡口上架起了木板桥，使得英军顺利地攻入德军阵地，面对战斗力极强的英国部队，德军不得退出了战斗。

血腥的厮杀停止了，战场慢慢平静下来。就在此时，坦迪发现一名受伤的德军士兵从阵地上爬了起来，一瘸一拐地走进了坦迪的射击范围。

这位德国士兵看上去已精疲力竭，看到坦迪的枪口，他既没有举枪投降，也没有惊慌失措，只是面无表情地盯着坦迪，似乎在等待命运的裁决。

但坦迪却没有开枪，那名年轻的德国士兵见状，向他点头表示感谢，然后转身离去。坦迪后来说："我当时只是瞄准了他，我不可能对一名无还手之力的伤员开枪，我最终还是放他走了。"但是许多人不会意识到，坦迪的这个决定，改写了世界历史。

这个从小爱好绘画、在枪口捡回一条命的德国孩子，就是德国后来的元首——纳粹法西斯主义者、第二次世界大战的头号战犯阿道夫·希特勒。

坦迪的枪口本来可以终结这个"恶魔"接下来的所有故事，但历史进程就在这样一个细节上偏离了轨道，最终将希特勒送上了德国独裁者的道路。

希特勒发动第二次世界大战，欧洲生灵涂炭时，有人曾为维也纳艺术学院的历史错误决定扼腕叹息，如果当年艺术学院录取了希特勒，那么，世界上不过多了一个蹩脚的画家，却少了一个祸害人类的狂人。

有人也为坦迪的仁慈扼腕叹息。1940年，坦迪对一位新闻记者痛苦地说："当时如果知道这个家伙会是这样一个人，我真该一枪毙了他。我真是有愧于上帝啊！当时真不该放走那个恶魔。"

坦迪的痛苦一直伴随着他的后半生。这一切似乎都是上苍在冥冥之中安排好的，这是一种极其错误的安排。但是坦迪却不能原谅自己。他49岁时再次报名参军，希望希特勒不可能逃过第二次。但是他多次受伤，已无法再上一线。

1977年，这位获得英国"杰出贡献勋章""军事奖章"和"维多利亚十字勋章"的老兵去世，享年86岁。他的悔恨和德国纳粹罄竹难书的历史一起，走入了永远的历史中。

# 人生注定缺少爆款

　　绝大多数人的一辈子，是缺少高光时刻的，大都默默无闻、平平淡淡，甚至平淡到让人伤感和落泪。

　　在城市的暮色里，我接到来自农村老家母亲的一个电话，说邻居老太去世了，没有任何征兆，在村道上散步回来后说难受，送到医院已经救不回来了。

　　我有些心神不宁，看着楼下那棵香樟树一张一张被吹落的树叶，在窗口站了很长时间。

　　我想我为邻居老太伤感了。

　　她不是我的亲人，但她是我的熟人。她非常普通，但他对我的人生来说并不普通。她见证了我的成长，从出生到现在。有时周末回家，她就站在附近，笑眯眯地看着，说："回来啦!"

　　那是一种很好的感觉。

　　人生的真实，是到消逝的那一刻，才真正会迸发到你心和灵的深处。正如鲁迅所说的，悲剧就是将人生有价值的东西毁灭给人看。就在毁和灭的那一刻，总会触及人生的终极追问，人生的意义，人生的光彩，人生的价值等等。

但注定的是，绝大多数的人生，注定没有"爆款"，就像淘宝网上的卖家有 600 多万，但只有屈指可数的店家能推出爆款。

爆款有机遇成分，也有实力的成分，但在浩如瀚海的卖家之中，可能"机遇"的成分更为重要。当一个产品没有"机遇"时，一飞而起时，它们的存在难道没有意义吗？事实上，仍有它的买家，仍有它的价值。

人生是不是也该如此。

我有一个儿子，如同天下的父母一样，对他有太多的期许。但是现在，我相信，人生的爆款毕竟是少数，大多数的孩子最终都将归于平庸。

这对为人父母者来说，是一个必须绕过去的弯。

可是啊，这是痛苦的、不甘的。就像手里的那张彩票，梦想着，是不是可能会中个大奖。

但结果往往不是你想象的。

人生注定缺少爆款，并不意味放弃追逐爆款的努力。如果以反向思维来理解，是不是我们的人生就像有些淘宝店一样，没有专注于某一个产品，某一项工作，没有将所有资源在最重要的事情上，努力一击？

中国的中庸文化，与西方的经济理论"把鸡蛋不要放到一个篮子"异曲同工。事实上，这样的经济策略，或是人生策略是有问题的，平均分配资源意味着不能把资源专注地用到最有价值的地方。在投资圈里，一家好公司的回报会达到普通公司的回报的两倍甚至四倍或更多。假设投资者进行了多种这样平淡无奇的组合，希望其中成功公司的回报可以抵消失败公司带来的亏损，结果往往得不到最好的回报。

人生同样，最怕的是死磕，把自己的资源倾注于一件事，用五年、十年、二十年朝一个方向努力，那是多么可怕的力量，结果往往也会不可思议。

但是，我很难做到，惰性、迷茫、讥讽、蔑视、打击……就像地球引力一样牵制着我，我无法挣脱世俗社会的各种迷惑和诱惑，需要像火箭一样强大的动能才能摆脱。

注定的，我的人生也将没有爆款，终将归于平庸。

# 婚姻是为孩子准备的

看过太多娱乐圈里分离的夫妻，个个闹得满城风雨，有的恶毒，有的绝情，有的义愤填膺，有的责全求备……少有一个好聚好散的。

在离婚这场"战争"中，就像两军对垒，双方或有相互伤害的快感，但所有的这一切，可能最终都会让他们的子女来承载。

有一位父母离异的网友说："在父母离婚整个事件中，最理智最冷静的就是我。他们分居时，每次单独见到我，就会用恶毒的语言诽谤、诋毁对方，对着我哭穷、诉说委屈。这么多年过去了，我父母至今针锋相对，提起对方这么个人就情绪失控，什么乱七八糟的情绪都能倒出来，什么负面的猜想都能安到对方身上。"

可以想象，离婚对一个孩子来说，是一场人生灾难，影响久远。

都说"婚姻是为孩子准备的"，这是一种教育视角。也有人认为，婚姻是为爱情准备的，这是一种情感视角……不同的人对于婚姻可以有不同的理解。但是，父母的婚姻之于孩子而言，就是孩子的"天"和"地"，母亲就是他们的天，父亲就是他们的地。缺了天，少了地，都不行。

看浙江卫视的一个外来务工者的亲子活动，一群与父母分离多时的孩子从外地来到杭州与父母团聚，有的孩子与父母已经多年不见了，他们的联系只能通过电话。在那段视频中，我发现一个奇怪的现象，当主持人喊出"请孩子马上归位"时，二十多个孩子全部站在父母之间，没有一个是站在父母一侧的。没有人注意到这个细节。

我也有一个孩子，早些年就让他自己睡。但孩子经常对我说，一个人睡半夜会醒来，他还是喜欢三个人睡在一起，而且还要睡在爸爸和妈妈中间的位置，他说睡在爸爸妈妈中间的时候，睡得最香。这个习惯一直到他上小学五年级。

这就是一个孩子的真实的心理感受，睡在爸爸妈妈中间时，他才觉得最安全，最可靠，梦乡最甜。

如果一对夫妻没有认识到"婚姻是为孩子准备的"，那么这对孩子来说就是一场灾难。教育专家认为，一个人与这个世界的关系最初来源自家庭，孩子与父母之间的关系，就是最早的人际关系，他的成长过程中一切的发展都有赖于这个关系。如果一个孩子从出生一直长大，在家庭中如果没有受到重视，或者缺失了父亲或者母亲的爱，那么孩子未来的关系可能出现严重的问题。其中，孩子与父亲关系是服从关系的雏形，而与母亲的关系就是与人相处关系的雏形。在微软公司的面试中，就有可能问到一个问题：你与母亲的关系好不好？如果一个人与母亲关系很好，那基本上可以断定，他可以融洽地处理与同事、朋友之间的关系。

　　婚姻是一种责任，不走进婚姻，就不会体会到婚姻的个中况味。有了孩子之后，将会改变两人的想法，因为婚姻不再是你们两个人的游戏，而牵扯到了你们的孩子，本来两个人的恩怨情仇只是两个人的事，现在却不是了。

　　请一定要记住，如果你想步入婚姻的殿堂，那么，婚姻注定就是为孩子准备的，请你们一定要幸福。

# 鲁迅一样的略萨

一个来自拉丁美洲的陌生人开始进入我的视野，他就是略萨。因为他多年前获得了诺贝尔文学奖，可以肯定的是，这个"陌生人"正在变成大家的"熟悉"人。

怎么形容略萨和他的作品呢？似乎无从说起，打个比方吧，中国有个鲁迅，鲁迅的形象与他的作品一样十分切合，鲁迅的头发像刷子一样直竖着，他自喻为只有在晚上才会出现的猫头鹰，鲁迅的文字是针砭时弊的，是极其冷静和深刻。略萨也是这样，不过他有高高的个子，深邃的眼眶，直条条的头发，还有他桀骜不驯的个性，他的文字也是如此。

我认为从鲁迅切入去认识这个陌生人略萨，是一条捷径。可惜的是，略萨与鲁迅生活两个不同的时代，鲁迅在 1936 年 10 月离世时，略萨还是秘鲁一位母亲怀中的一个 6 个月大小的孩子。1994 年 7 月，58 岁的略萨携家眷来到北京，造访了长城等名胜。他还曾拜读了中国著名作家鲁迅、茅盾、巴金等人的作品，也知道《三国演义》等中国名著。略萨对于中国存在着幻想式的美，认为中国是一个神话般的国家。对于鲁迅，略萨也许知其不多。

我把略萨喻为拉美的"鲁迅"，因为他的写作方式和主张非常相似，这没有理由让人不产生联想。

提略萨，不得不提《城市与狗》，这是他的巅峰之作，完成于1963 年。这是略萨的第一本长篇小说，曾很快被秘鲁当局查禁，并将 1000 册图书公开销毁。因为这本小说击中当局和社会的黑暗，让当权者感到不寒而栗。

在《城市与狗》中，略萨根据自己少年时在军校学习的亲身经历，将"城市"指秘鲁社会，"狗"指军校学员，作品中用了大量篇幅描写"打架斗殴""金钱交易""赌博""嫖娼""上课捣蛋"等丑恶行为，小说中有一个"中间人物"——阿尔贝托，为人不卑不亢，不欺负弱小，也不容强者欺负。在捍卫尊严和个人合法权利方面，阿尔贝托绝对不放弃斗争，他既看到了上层社会的伪善、欺诈和糜烂的生活，也了解了贫苦阶层的悲惨处境。这两个极端他都不能接受，因此躲进文学天地，逃避"狗咬狗"的生活。这个阿尔贝托就是略萨的化身，他依靠文学，去抵挡"城市"喧嚣和"狗"们的狂吠。

略萨说，他清楚地记得写《城市与狗》的一幕幕。1958 秋，他在一家名叫"小蜗牛"的酒馆里坐着，窗户面前静修公园，他坐在那里写着。完成的时间是 1961 年冬天，地点在巴黎的一处顶楼里。为了写这个故事，他读过阅读过大量惊险故事书，相信过法国大作家萨特关于承诺文学的主张，狼吞虎咽了法国大作家马尔罗的长篇小说，无限钦佩过美国"迷惘的一代"小说家的作品，钦佩他们每一位，尤其钦佩福克纳。他用所有这些东西糅成了《城市与狗》需要的泥巴，《城市与狗》就这样诞生了。这本小说，可以等同于略萨的苦涩回忆和思考，是他对现实生活中的矛盾、虚伪、压抑的魔幻现实写照。

非常遗憾，略萨没有对鲁迅作品的评价，我觉得这两个生活在不同时代，不同社会里的人有一种共同的东西，没有发生思想碰撞，着实可惜了。

瑞典皇家科学院的颁奖文告中这样说：将诺贝尔文学奖授予略萨，是表彰他对权力结构的制图般的描绘，和对个人的抵抗、反抗和失败给予犀利的叙述。

这个评价是枯燥的，让我们来看一段他接受哥伦比亚《时代报》采访他的对话：记者问：比起有成就的人来，什么样的人更称得上是风云人物？略萨说：我讨厌叱咤风云的人，但是，我喜欢面对竞争率先站出来捍卫文学艺术的人。我就是这样的人，我觉得这样的人十分可敬可佩。对，我就是这样的人。

在这个秋天，我突然就想到了略萨。我想表达的是，一个人最可贵的品质就是他们能够坚持独立思考，这个人就会非常可爱和可敬。

# 消失在人群

明朝有一桩悬案，就是建文帝朱允炆的失踪。当然皇帝不是无缘无故失踪的，而是被燕王朱棣逼走的。朱棣是建文帝的叔叔，他在大都也就是现在的北京开始"造反"，一直打进当时的明朝京城南京。

就在城破之时，皇宫突然发生大火，火灭之后，有皇后的尸骨，却不见建文帝的遗骸，朱允炆就此人间蒸发了。朱棣登基之后，他开始千方百计寻找，还派出郑和去南洋寻找，这也许就是郑和下西洋的真实原因。

朱棣尽了所有努力，最后都没有找到他侄子的下落。现在有人说在西南地区发现建文帝的后裔，但这些都是未经考证的说法。

那建文帝朱允炆到底去了哪里？

按现在的说法应该是：消失在人群。人群是最容易隐匿身份的地方，只要藏起你的锦衣，收起你的气度，低下你的头颅，成为一个普普通通的平民，那么即便你是皇帝，也就"隐身"了。

这应该是建文帝朱允炆失踪最好的答案。

一滴水放在手掌中，你能感觉到它的存在，甚至可以折射七彩阳光。但如果放到海里呢，你还能找到这滴水吗？

建文帝失踪悬案，既是一件重大的历史事件，更是一件人生智慧的"历史公开课"。我们可不可以把这样宏大的历史事件叙事，转换为个体为人处世的法则。当你要融入一个群体，是不是应该把自己的已经拥有的所有"光鲜"，都小心翼翼地藏起来，掩盖起来，当你与周边的人没有什么两样的时候，这个群体就会接纳你，你也就实现隐身的目的了。

当年美军对萨达姆实施"斩首行动"，从见诸媒体的报道中发现，美军除了有庞大的情报系统支撑之外，萨达姆躲藏地点与一般的民居的不一样也是让美军找到萨达姆的一个重要原因。因为这个建筑物中的人从来不与周边人联系，这让美军分析里面的人物肯定不一般。人们总是喜欢接纳自己相同的人，排斥与自己不同的人。当你的行为与众不同时，那么你就"暴露"了。

人生也是如此。

你要融入一个团队也好，融入一个社区也罢，你必须"随乡入俗"，按照别人喜欢的方式、约定俗成的规则来行事。但如果你不想这样普普通通，想要保持一定的个性，那么你不得不考虑，这种"个性"有没有破坏一个团队或者社区的"游戏规则"，不然你想张扬个性，很可能适得其反。

有位画家说过这样一段话："画山不难于巍峨，而在于博大；不难于清华，而在于古厚。"

这话什么意思呢？画山突出险峻陡峭是容易的，但画出连绵气万象万千就困难了；要画出秀山丽水是容易的，但要画出古朴浑厚是困难的。

这不就是为人的道理吗？

特立独行是非常容易的，但要博大包容是困难的；要想孤傲清高是容易的，但要含蓄内敛是困难的。你想享受"特立独行"的潇洒，必然会失去平凡纯朴的欢愉。

而我想表达的是，希望这个世界上没有什么所谓的"特立独行"，每个人都能随心所欲地表达自己的观点，在规则之内毫远顾忌地追求自己的梦想。我们都认同这样一个理念：人为平凡而独特，而不因独特而平凡。

# "意外" 的启示

有个保险员，来到我的办公室，让我买一份意外险。她说，你的健康会有意外，外出旅游会有意外，出行会有意外……

我内心很抵触这样的推销，客客气气地把她请出办公室。回来后喝了一杯热茶，终于慢慢平抚了内心。

其实保险员说的是实话，人生处处有意外，但我又不希望这样直面人生的狰狞。我们总是喜欢藏在平静安逸的生活状态中，用自己以为能控制全局的能力，驾驶着人生航船劈波斩浪，抵达那个幸福的彼岸。

事实上，这是一种"情境陷阱"，更是一种思维惰性和局限。事实上，无论是谁，都不能奢言可以应对所有意外。只有那些内心具有"意外观"的人，并为之储备物质和精神上的资源，他们随时准备着成功和失败，上升和坠落，这样的人生才会进入全新的空间。

人生如此，科学研究也是如此。

日本有位化学家白川英树，他是东京大学的教授。他带了一位韩国研究生，有一次他让这位研究生独自做实验，竟然得到了一层亮闪闪、银色的薄膜状物。这让白川英树大为惊奇，因为他反复的实验结果是黑乎乎的团状物质。他对这层银色物质进行了检测，发现这种膜状物的导电性与金属银非常接近，从此，这个世界的导电高分子的时代正式开启了。

　　这项发明让白川英树获得了 2000 年诺贝尔化学奖。而这个发明竟是一场"意外"，原因是他的研究生英语不好，没有听清催化剂的单位，把原本 0.25mmol/L 的浓度听成了 0.25mol/L，催化剂浓度超过设定标准的 1000 倍。凭借着误打误撞的实验，首次合成了高性能的膜状聚乙炔。

　　在科学研究史上，类似的"意外"不胜枚举。譬如青霉素的发明是因为弗莱明着急出门旅游，忘记了培养皿中的细菌；制幻剂是因为偶然把药撒在了手指上；大陆漂移说是因为魏格纳躺在病床上无所事事看地图……

　　这些故事说明什么呢？

　　在既定的情境和条件中，创新是很难实现的。唯有突破这些人为设定的条件，改变一些东西，打破一些东西，才有可能创造奇迹，进入创造的自由王国。

　　"意外"是有价值的，它的价值就在于告诉大家：你如果想俗套，那你想得到的结果也就"俗套"了。

# 横向学历史

中学时代，学历史是纵向的，知道的只是朝代更迭以及繁多考点；如果横向学历史，就会特别有意思。

记得临高考那个学期，我发现乾隆和华盛顿是同一个年代的人，但两人给人的感觉却天差地别，一个生活在古代，是个古人；而另一个好像生活在现代，与现代人已没什么区别。

这个偶然发现让我百思不得其解，这恰恰也是学历史特别让人迷恋的地方。你想啊，在遥远的东方，一群"古人"还沉醉在皇权之中，不知民主为何物；而在西方，另一群人已经在制定宪法，建立自己的法治国家了。如果真有一位时光老人，站在历史的节点上来审视这个星球上太平洋两岸的两个国家，那是怎样的一幅可笑可叹又可悲的图景啊！

历史是经不起打量的，一打量就会让人嗟叹，就像我们已经走过的路，回望过去发现总有几个节点，只要走对了，人生就辉煌了，但人生之路却决然没有重走的可能的。

1644 年，天下大乱，崇祯皇帝吊死在了北京煤山。李自成的农民起义军取得了胜利。而在西方，英国也不太平，爆发了资产阶级大革命，这一场革命同样让一位君主付出了生命。1649 年，英国国王查理一世被送上了断头台。这位君主不过比崇祯晚死了5 年。

东西方的两个大国在几乎在同个年代进入剧烈的社会动荡和黑暗之中，但一个仍然进入了皇权的更替轮回，一头扎进了同样的黑暗之中；而另一个国家却走进了社会经济发展的道路，100 多年后，这个国家用坚船利炮敲开了中国的大门。

前段时间，我在浙江图书馆听一堂历史讲座，这位专家讲的是明史，他的观点是明朝灭亡与气候有着直接的联系。

17 世纪开始，世界气候慢慢进入了"小冰河"时代，太平洋地壳运动频繁，火山大规模爆发，烟尘盖天铺地。同时太阳黑子量级减弱，两者造成叠加效应，导致全球气温下降。

温度只有几度的下降对于一个地区来说，不会产生什么影响，但对于地球来说，那将带来严重的后果。据史载，1640 年，中国北方特别是中原地区出现五百年一遇的干旱，全国出现饥荒，并随之出现瘟疫。"自淮而北至麟南，树皮食尽"，饥民大量聚集。

京杭大运河在历史上曾经出现过一次大范围断流，也是发生在明朝的 1641 年。那年夏天，整个中国东部出现蝗灾，遮天蔽日的蝗虫吞噬了大片粮食，当时的南方，天寒地冻，湖面结冰厚达十几厘米，而瘟疫开始蔓延。在一系列的自然灾害面前，饥荒严重的中原地区发生着饥者相食的惨剧，当时的国家已处于经济崩溃边缘，只需星星之火，便可以燎原了。

点亮这把火的人是李自成。他的部队主要是在河南为主的中原地区活动,那里是火药桶的中心。

从气象学维度学历史,也特别有意思,它提供了一个全新维度,解析了明王朝走向灭亡的客观原因。但又在告诉大家一个道理,当"国运"下行的时,遇上一个庸主,只会加速国家的霉运。而如果遇上一个能力挽狂澜的伟人,那就可以扭转一个国家的走向。

300多年后看北京煤山上那具无尽凄凉的尸体,是运乎,也是命耶!崇祯的确想拯救国之将倾,只叹能力不够,时运不济。

横向学历史,就像一个人走进了一幢房子,打开了一扇又一扇的门,每打开一扇门,就会发现一个全新的世界,它不断冲击着你的认知,慢慢重塑你的历史观和世界观。

"一切历史都是当代史",横向学历史真的特别有意思,也特别有意义。如果你是一位普通人,你的历史知识会让你知道当下的各种社会文化现象的缘起;如果你是一位为政者,比普通人掌握着更多的社会和政治资源,那就可以鉴古识今,做决策时少走弯路,知晓为政之要,可以造福一方百姓。

# 眼　量

　　每只小白鼠一生所消耗的食物是差不多的，当消耗的食物接近限值的时候，它的生命也便接近了终点。假如足够小白鼠两年食用的食物，它在一年的时间内享用完，那么，小白鼠往往会患上糖尿病或者肥胖病而快速失去生命。

　　这个有趣的试验是美国科学家做的。有人这样来解读：上苍对谁都是公平的。

　　假如把一个人一生消耗的食物累加起来，那么每个人的消耗大致也是相同的。如果有人暴饮暴食，过早地消耗完他应有的份额，也就意味着他会患上某些疾病，加快走向死亡。

　　西方这种量化考察人生的方法，其实也没有多少高明。中国佛学有种"大限"的提法，任何事物都是有"限"的，超过此"限"就会"物极必反"。

　　还有一个医学上的研究。一个人膝关节使用次数是有限制的，假如一个人不断地爬楼，每弯曲一次，他的关节使用寿命就会减少一次。

这些研究给人以某种人生启迪。

人生际遇总是遵循着某种平衡，得到的必然以失去为代价。你得到金钱，你或许会失去了休闲时间；你得到事业，你或许会牺牲了与家人团聚的时光……

"风物长宜放眼量"，这里的"眼量"就是要站到更高的角度，考量一个人的得与失，谁能参破"得到"与"失去"之间的利害，那就是眼量，那就能活出一番新天地。

# 抉　择

医院 ICU 室外的装修，几乎是同一种风格——惨白，如同人生最后的底色。

我的一位亲戚患的是胆管肿瘤，几度进入 ICU。最后一次医院需要家属下一个很大的决定。这个决定是基于伦理的，也是基于财力的。一个家庭所有的一切因素，会聚焦到这个决定上，考量、纠缠，最后形成一个决定。

因为在医道上，一个肉体的生命已经无法再挽回，家属所做的选择，无非是延续几日或是几月的生命。

这种抉择，只要经历过一次，就像一颗钉子扎进木板，即便钉子不在了，但木板永远都存在一种隐伤，只有木板知道。

继续治疗必定人财两空，两者权衡取其轻。我内心是这样想的，而至亲们的最后决定也是这样的。

我从医院大楼的窗口望出去，是一条静静东去的大江，阳光洒在江面上，波光粼粼，突然有一种想流泪的感觉。

虽然这是一个非常理智的并且遵从医道的选择，但从感情上说，却是难以接受的。

这里交集的不仅仅是医术的有限与生命的荣光，还有很多。

我在20世纪的90年代骑车摔伤，一度昏迷，也曾在ICU内度过一晚。事实上那晚到了凌晨，我自感头部已无大碍，只不过医生没有让我转到普通病房。

与我邻床是位老人，白天一直在抢救，到了深夜，症状稳定下来了。但过了凌晨，又出现了状况，医生、护士全部围到了病床边，使用各种设备在抢救……老人的儿子以为病情稳定无大碍，回家去了。那个年代没有电话，更没有手机，我听到医生让护士找老人的地址，想办法联系到家属。

我对医生的好感就是从那时开始的，在长江岸边，一家地级城市的医院，一群非常年轻的医生和护士，在为抢救一个生命而努力。

但很遗憾，等到老人的儿子回到医院，老人已经停止了呼吸。我一直记得老人患的是肺栓塞，但在家属不在场的情况下，生死攸关之际，医生无论作出什么样的治疗方案，都会承担非常大的风险。

而医生努力了，只不过结局并不完美。

这些年经常听到关于ICU的一些故事，更多的是一些毫无生活质量却在ICU里将生命熬到最后的案例。用财力和主观意愿去维持一个毫无希望治愈的病人，这里涉及人性、情感等太多的价值判断，医生肯定做不了这样的判断，他们只会从医道上给出一个病情的概况，而抉择权在于家属。

而医生或许会承受更多，他们或许每天沉浸其中，需要面对真实的情况。事实上，每个躺在 ICU 里的病人外面都会有一群家属，他们都在围绕一个中心议题在展开各种形式的讨论，这个中心议题就是"钱"。

　　真相虽然会让你五味杂陈，但却很真实。

# 孩子是上苍派来考验我们的

一位大姐焦虑了。

她说，儿子小时候多听话啊，上幼儿园的时候，老师发了一个苹果，他舍不得吃，傍晚放学回家把苹果带回了家给她。现在他15岁了，却沉迷于手机，亲子关系似乎慢慢"变味"了。在学校的一次考试中，孩子的好几门功课亮起了红灯，她规劝着孩子，希望把精力放到学习上来，但他却嫌她啰唆，一怒之下，她摔了孩子的手机。

"冲突"就像木板上的钉子，一旦发生了，即便拔除了，总会留下印痕。孩子真的"在意"了。这些天每次看到她总是一脸的不耐烦，如果大姐在家，就把自己一个人关在房间里，拒绝与她沟通。

大姐束手无策。她回想起自己高龄怀这个孩子时身体上的痛苦，分娩前身体发出的危险警报……她真的焦虑了。

我不知道该如何劝说。

有人说，孩子是上苍派来的天使。而我认为，这些"小天使"除了给我们带来欢乐之外，也在考验我们对问题的解决能力，以及对成长的理解、对社会的洞见，还有对人生的参悟。如果我们用那种高度社会化的思维，去对待一个个来自自然的孩子，那么教育注定会失败，家长的心态必然会被一个个具有光鲜的"听话、成绩好、考上好大学、工作好……"等等标签孩子的对比之下怅然若失。

有朋友会聊起他公司里一位高管的孩子，花了几十万钱就读于民办学校，但学习成绩一般；而另一位在车间里的操作工，早年离异，两个儿子读的是普通学校，成绩却个个优异，而且都考上了重点大学。还有一位员工，孩子从小就是"放养"的，母亲一直沉迷于麻将，但她的女儿今年却考上了北京大学。学校希望她去介绍育女心得，大家笑称她的"心得"就是搓麻将。总是在这样的闲聊中，我们在内心不停感叹着，为什么上苍没有把这样的"好孩子"赐予我们。

可是，有一个问题我们没有追问：是我们造就了现在的孩子，还是孩子造就了现在的我们？或者我们相互融合着，一步一步走到现在这样的格局。

我相信是后者。

教育家陶行知说，教育无非就是两个字"求真"。求一个"真"字，真的非常困难。

教育之真，社会之真，人生之真，我们很少去思考过这样的问题。有人说，教育是把"动物"转化为人的过程，是把一个只知道吃穿住等生理满足的低级运行的动物属性占上风的人培养成一个有丰富的生命内涵的大写的"人"。这样的"真"我们认可吗？

事实上，我们已被激烈的社会竞争、功利化的物欲追求裹挟着身不由己，很多时候在用别人的脑袋思维自己的人生和孩子的人生。其实一个孩子在学龄段的表现，不过是一场人生比赛的开始，有的孩子跑得快些，有的孩子跑得慢些，有的孩子甚至摔倒了，这都不要紧，还有长长的后半程，你不应选择绝望，而应该选择希望。

不要单一化或者僵化地看待一个正在成长过程中的孩子，每一个孩子都有无限可能。也并不是每个孩子在学龄阶段就会崭露头角，在"学习"上超越别人，更多的孩子的人生取决于离开学校之后的努力，还有造化和际遇，他们最终会"大器晚成"。

如果换一种思维去看自己的孩子，那个沉迷于手机的孩子，也许就是上苍派来考验我们的，你能妥善解决你与孩子之间的这个问题吗？你真的认识到"教育之真"吗？你能否从中惨悟到什么才是人生的高贵？

如果你做到了，那么应该感谢自己家的熊孩子，是他们打开了你局促人生的一扇否极泰来的大门，你走进了一个全新的世界，那里春风和畅、四季鲜花盛开。